« Nous sommmes séparés des autres par ce qui nous relie à eux, nous sommes séparés de nous-même par l'illusion de nous connaître...

... Le plus proche est le plus énigmatique et la distance comme le deuil et l'errance sont aussi les instruments d'une reconquête »

PASCAL BRÜCKNER

Lecture de *L'invention de la solitude*,
Paul Auster
Éditions Babel 1992

© 2017 Dominique Zumino

SGDL n° 2017-02-0137

Éditeur : BoD – Books on Demand
12/14 rond-point des Champs Elysées
75008 Paris, France
Impression BoD - Books on Demand - Norderstedt, Allemagne

ISBN : 978-2-322-086 19-1

Dépot légal : Novembre 2017

Dominique Zumino

# Moi, je sais bien pourquoi

Roman

Couverture : Anne de Rochas

# Hold-up

– Madame, vous m'entendez ?

Jézabel Lehmann ne répond pas. Elle est au sol, recroquevillée comme un fœtus. Paul Reverdy, le directeur de la banque BNEP ne la quitte pas des yeux, comme si la permanence de son regard suffisait à maintenir en vie cette femme de plus de quatre-vingts ans.

Jézabel ouvre les yeux, un homme est penché sur elle. Elle lit un tel effroi sur son visage, qu'un instant elle s'imagine mourante. Elle bouge légèrement la tête et reconnaît les locaux de la banque. Elle revoit le bras de l'homme, il a saisi Gabriel, il l'a poussé et il l'a emmené.

Elle crie de toutes ses forces, mais, c'est d'une voix chevrotante qu'elle réussit à dire :
– Où est Gabriel ?
– Ne bougez pas, Madame,
– Que s'est-il passé ?
– Ce jeune homme, vous le connaissez ?

– Oui, où est-il ? Ils l'ont pris, ils l'ont emmené ?
– Ne bougez pas !
– Je n'ai rien, rien du tout
– ...
– Que s'est-il passé ?
– Un hold-up, un homme armé. Il vous a pris par le bras et il vous a poussée. Vous êtes tombée et vous avez perdu connaissance. On a appelé le SAMU.
– Ils l'ont emmené ?
– Qui cela ?
– Gabriel !
– Vous le connaissez ?

\*

Jézabel, quel beau prénom !

Jezabel est maintenant dans une chambre d'hôpital. Rien ne manque, le pied à perfusion, la prise d'oxygène et la lumière aveuglante. Les examens n'ont révélé aucune anomalie. Jézabel reste en observation cependant pour vingt-quatre heures. Une blouse blanche, surmontée d'une tête de femme, cheveux très courts à la Jean Seberg version rousse. La fausse Jean Seberg se dirige vers Jézabel.
— Bonjour Madame Lehman. Je me présente, je suis Annie Hennequin, je suis l'interne de garde. Pouvez-vous m'indiquer votre prénom, je ne parviens pas à le lire sur la fiche qu'on m'a transmise.
— Jézabel.
— C'est bien ce que je lisais. Mais je n'ai jamais rencontré quelqu'un portant ce prénom. Beau prénom, un peu écrasant non ?
— Peut-être, oui, vous avez raison.

Ce n'est pas la première fois qu'on lui fait une remarque sur son prénom. Mais c'est la première fois qu'elle se sent incapable de formuler la réponse attendue. Elle reste silencieuse. Les images se bousculent dans sa tête. Elle revoit la scène. C'était en 1942, elle était en classe. Elle était au troisième rang et elle a entendu une camarade de classe devant elle chuchoter à sa voisine « Jézabel, c'est un prénom juif ». Elle revoit leurs pulls côte à côte le rouge et le noir, leurs têtes se sont rapprochées et se sont tournées vers elle. La confusion et la panique l'ont envahie, elle avait neuf ans. Les juifs portaient l'étoile jaune, ils étaient pourchassés, parfois la police les emmenait, on ne savait pas où. Jamais ils ne revenaient.

Les choses se compliquaient encore davantage du fait qu'elle était la seule de sa famille à porter un prénom « douteux », la seule à être juive donc. Elle a été submergée par un sentiment de honte. Dans son esprit troublé, une explication lui est apparue évidente. Elle était une petite fille juive dissimulée dans une famille protestante. Ses parents n'étaient pas ses vrais parents. Il ne fallait surtout pas poser de question. Parler déclencherait un cataclysme. Elle devait s'efforcer de se fondre dans la normalité de sa famille. C'est ce qu'elle a fait sans jamais révéler à quiconque les interrogations qui ont bouleversé son enfance. Sa mère lui a appris incidemment, des années plus tard, qu'elle avait choisi ce prénom en partie pour faire plaisir à ses beaux-parents, des protestants assez attachés aux prénoms bibliques, en partie par goût. Quelle inconscience ! Quelle légèreté ! Jézabel, depuis, s'est documentée sur son prénom. Prénom biblique certes, mais porté par une reine qui adorait les idoles, qui a poussé son mari à commettre un meurtre.

– Vous avez été victime d'une agression, Madame Lehmann, on m'a dit que vous étiez tombée et que vous aviez perdu connaissance. Vous souvenez-vous de ce qui s'est passé juste avant votre chute ?
– Un homme cagoulé m'a attrapée par le bras : « Toi, viens avec moi ». J'ai crié. Il m'a lâchée, il a pris le jeune homme qui se trouvait à côté de moi. Et après je ne me souviens plus.

Elle revoit la main du type, qui dépassait de sa pèlerine. Une pèlerine bleue. C'était un gendarme. Ils étaient deux, deux gendarmes. Une voiture, une traction noire les attendait en bas de l'immeuble. Elle l'avait entendue arriver et stopper, il y avait peu de trafic, à cette époque. Elle avait couru à la fenêtre, elle les avait vus sortir de la voiture et entrer dans l'immeuble. La panique qui l'a saisie alors est la même que celle qu'elle a ressentie hier lorsque l'homme cagoulé l'a prise par le bras. Elle est restée paralysée devant la fenêtre, attendant que les gendarmes viennent la chercher. Mais ils n'ont pas sonné, ils n'ont pas frappé à sa porte. Elle les a vus sortir de l'immeuble avec Gabriel.

– Lorsque vous vous êtes réveillée, vous étiez très soucieuse du sort du jeune homme. Vous en souvenez-vous ?

Jézabel s'en souvient, elle s'est sentie soulagée. Les gendarmes n'étaient pas venus pour elle.
– Oui, je m'en souviens. Ce jeune homme a été pris en otage à ma place. Je m'inquiète pour lui.

– Vous sembliez le connaître. Vous parliez d'un certain Gabriel.
– Je ne me souviens pas.
– Vous avez été très choquée. Ce n'est pas anormal, qu'une partie des évènements vous échappe encore. Vous recouvrerez sans doute la mémoire progressivement.

La mémoire, elle l'a retrouvée toute entière avec effroi. C'était un jeudi, le 21 octobre 1943. Les gendarmes poussaient Gabriel. Il pouvait à peine marcher, tant il était terrifié. Il a tourné la tête vers elle, il l'a aperçue. Il lui a fait un petit signe de la main. Une ébauche de signe, pour la rassurer, ne t'en fais pas, ce n'est rien. Après toutes ces années, elle revoit le geste de Gabriel, avec une douloureuse précision.

– Madame Lehman, que se passe-t-il ? Vous avez mal quelque part ?
– ...
– Madame Lehman, répondez-moi. Avez-vous mal ?
– …
– Madame Lehman, je n'ai pas entendu ce que vous avez dit.

Jézabel sursaute, elle s'inquiète. Elle a dû parler, toute seule, sans s'en apercevoir. On va croire qu'elle perd la tête.
– Non, non. Je pensais à ce pauvre jeune homme.

« Déstresse »

Après des examens qui se sont avérés normaux et une période de surveillance de vingt-quatre heures, Jézabel peut sortir de l'hôpital. Elle se sent observée par les infirmières, observée par sa fille, Élisabeth. Elle les a entendues parler dans le couloir.
– Il n'y a aucune séquelle physique, elle devrait recouvrer la raison. Ce doit être le choc. Toutefois, si les signes d'incohérence persistent, il faudra consulter.

Jézabel sent bien que sa fille est inquiète. Elle a réussi cependant à la persuader de la laisser seule chez elle. Jézabel se surveille, se force à prononcer des phrases anodines « As-tu pris ma trousse ? Elle est dans le cabinet de toilettes, tu la trouves ? » Elle fait très attention à ne plus faire référence à Gabriel, ni au jeune homme pris en otage.

Arrivée chez elle, Jézabel propose à sa fille une tasse de thé. Élisabeth la suit comme son ombre, prête à la rattraper au moindre faux pas. Elle laisse Jézabel sortir les tasses, faire bouillir l'eau, verser le thé.
– Tu vois, j'y arrive très bien toute seule, tranquillise-toi.

Déstresse. C'est ce que te dit toujours ta fille, non.
– Oui, maman, oui !

Jézabel sent un peu d'agacement chez sa fille. Elle n'aurait pas dû faire référence à sa petite fille. Élisabeth supporte mal la connivence qui existe entre Jézabel et Amandine. À chaque fois, c'est pareil, Jézabel ne résiste pas au plaisir de montrer à sa fille la qualité des relations qu'elle entretient avec sa petite-fille. Ce n'est pas juste. Elle seule est responsable de cette distance qui existe entre elles. Elle le sait bien. Claude, son mari, l'avait compris aussi. Il l'avait mise en garde à sa manière délicate, en la surnommant « madame parfaite ». Et elle, comme une demeurée, prenait cet avertissement pour un compliment. Elle ne se rendait pas compte que cette recherche incessante de perfection stérilisait ses rapports avec Élisabeth. Elle trouvait que Claude était trop « coulant », trop gentil. Elle devait être « vigilante » pour deux, chercher ce qui n'allait pas pour le rectifier. Claude était patient, il la laissait faire, un peu, et puis intervenait doucement. Il avait le pouvoir de calmer le jeu, d'éteindre les incendies. En sa présence, chacun se sentait apaisé, les tensions s'évanouissaient. À la mort de Claude, Jézabel s'est trouvée désemparée, elle a baissé la garde. Trop tard. Élisabeth mariée, mère de famille n'avait jamais de temps pour sa mère. Jézabel n'a pas su trouver le chemin pour fendre l'armure que sa fille avait construite au fil des ans. Elle a reporté tous ses élans vers Amandine. Une vraie complicité s'est ainsi installée entre l'enfant et sa grand-mère.

Jézabel est sur ses gardes. Elle se surveille, elle ne doit pas trembler, verser le thé à côté, encore moins faire tomber une tasse. Se surveiller en permanence. Elle ne doit pas parler de Gabriel. Elle ne pourra pas. Une parole lui échappera ; elle s'expliquera, personne ne comprendra. La démence sera la seule explication. Elle imagine déjà Élisabeth expliquer au médecin « C'est la deuxième fois que ma mère n'est plus dans la réalité ». Cette tension l'épuise.

Sa fille s'est enfin décidée à partir. Il était temps. Elle n'a qu'une idée, s'allonger, se laisser aller.

*

## Gabriel

Jézabel restée seule peut enfin laisser ses souvenirs affluer.

Gabriel avait quinze ans, des cheveux blonds roux coupés en brosse. Des taches de rousseur parsemaient ses joues, elles lui donnaient un air enfantin et espiègle démenti par une expression grave, presque sévère. Il était grand presque comme un adulte, il marchait toujours silencieusement. Il est arrivé chez les Perrin, Suzanne et Pascal, en 1943, à la fin du mois d'Août. Ils habitaient au deuxième étage, juste au-dessus de l'appartement que Jézabel occupait avec ses parents et son frère. Suzanne était très liée avec Cécile, la mère de Jézabel. Elle lui avait rapidement confié que Gabriel n'était pas le fils de son beau-frère mort avec sa femme dans un accident de voiture, mais un enfant juif. Ses parents se sentant de plus en plus menacés depuis la rafle du Vel d'Hiv, avaient accepté l'offre de Suzanne de recueillir Gabriel et de le faire passer pour son neveu. Suzanne lui avait fait faire de faux papiers, elle avait décousu l'étoile jaune et l'avait inscrit au lycée du quartier sous le nom de Gabriel Perrin. Elle avait aménagé une cache dissimulée par le double fond d'une armoire.

Jézabel se souvient. Sa mère lui avait tout expliqué. Il fallait garder le secret. Si les Allemands ou les policiers français entraient dans l'immeuble, elle devait avertir Gabriel en tapant au plafond avec un balai. On avait même fait un essai. Un succès. Gabriel avait entendu le signal et il avait eu le temps de se cacher. Jezabel se souvient. La joie. Ils s'étaient tous retrouvés dans l'appartement du deuxième. Suzanne et sa mère s'étaient embrassées, elles avaient ri. Jézabel et Gabriel étaient intimidés. Ils avaient gardé leur sérieux. Ils étaient, cependant, rassurés eux aussi. Tout se passerait bien, rien à craindre.

Mais voilà, elle n'avait rien fait. Et Gabriel avait été emmené. Et lorsque sa mère en larmes lui avait appris l'arrestation de Gabriel, elle s'était tue. Non, elle n'avait rien vu, rien entendu. Non, bien sûr, elle n'avait pas pu l'avertir, puisqu'elle n'avait rien vu.

Depuis, elle avait enfoui cette scène dans sa mémoire. Elle s'était tue. Pas un mot à quiconque.

\*

Premier chagrin d'amour

Jézabel était amoureuse de Gabriel, comme on peut l'être à dix ans. Ils ne se parlaient pas ou très peu. Ils se regardaient comme ceux qui partagent un secret. Lorsqu'ils se croisaient dans l'escalier, dans le hall, sur le trottoir, ils ne s'arrêtaient pas. Chacun continuait sa route lentement, sans dévier de son chemin. Parfois, afin d'éviter une collision, ils marchaient de profil, à l'égyptienne. A ce petit jeu, il est arrivé plus d'une fois qu'une main effleure un bras, qu'un genou s'empêtre dans les plis d'une jupe. Même dans ces occasions, ils ne sortaient pas de leur silence.

Cette complicité muette les liait pour toujours, c'est ce que pensait Jézabel. Et puis, un jour Gabriel est rentré du lycée avec une fille, une fille de son âge. Il lui a pris la main pour l'aider à monter l'escalier. Jézabel les a croisés. Il s'est effacé pour la laisser passer, il a lâché la main de sa camarade, pour saisir son épaule et la presser contre le mur et contre lui. Ce fut le premier chagrin d'amour de Jézabel, le plus fulgurant, le plus douloureux.

Trois jours après, les gendarmes ont arrêté

Gabriel. Dans la confusion des sentiments qui l'ont envahie, Jézabel a reconnu quelque chose qui ressemblait à la vengeance. L'autre fille ne reverrait plus Gabriel.

*

La boîte de Pulmoll

Élisabeth a tenu à ranger elle-même les vêtements de sa mère.
Et la valise, qu'en a-t-elle fait ? Où l'a-t-elle rangée ? Depuis plusieurs années maintenant, Jézabel s'efforce de toujours ranger les objets à la même place. Le seul moyen pour ne pas s'épuiser à les chercher. C'est maintenant qu'elle doit vérifier si la valise a réintégré sa place. Elle déplace avec peine l'escabeau, gravit quelques marches, ouvre le placard de sa chambre situé au-dessus de la penderie. Elle allonge le bras, tâtonne. Elle reconnait la paroi lisse de la valise. Juste à côté, sa main se referme sur une petite boîte métallique. Machinalement, elle la secoue. Le bruit d'un objet dur contre la paroi semble la rassurer. Elle descend lentement, s'assoit. Manipule le couvercle longtemps avant de parvenir à l'ouvrir. C'est une boîte cabossée à l'allure vieillotte. Une boîte de pastilles Pulmoll pour la gorge. Sa mère lui avait donné cette boîte de pastilles, elle devait en prendre quatre par jour, pas davantage. Elle a vidé le contenu de la boîte dans la poubelle de la cuisine. Elle revoit encore les cachets marron agglutinés

entre eux et collés à la paroi de la poubelle. Ils étaient trop visibles. Elle les a repris et jetés dans la cuvette des toilettes, elle a tiré la chasse plusieurs fois avant de les faire disparaître. Elle a du mal à comprendre pourquoi elle tenait tant à cacher le cadeau de Gabriel, son seul cadeau ? Elle ne saurait le dire, elle se souvient seulement de l'urgence ressentie. Personne ne devait soupçonner l'amour qu'elle ressentait pour Gabriel. La boîte de Pulmoll était une excellente cachette.

À force d'insistance, Jézabel parvient à ouvrir la boîte. Elle en retire un caillou entièrement blanc, très plat et parfaitement ovale. Elle avait vu Gabriel ramasser quelque chose dans la cour. Elle s'est approchée pour voir. Il s'est tourné vers elle, lui a souri, elle a découvert de près son visage. Il lui a dit, comme s'il s'agissait d'un grand secret :
– Il est beau n'est-ce pas ?

Le oui émerveillé qu'elle a réussi à prononcer ne concernait pas tant le caillou que le visage de Gabriel. C'était la première fois qu'elle le voyait de si près. Il avait l'air grave d'un adolescent de seize ans, mais conservait dans son regard quelque chose de l'enfance.
– Il te plaît ? Tiens, je te le donne, tu pourras faire des ricochets.

Des ricochets avec ce caillou, elle n'en a jamais fait. Le jour même où elle a reçu ce cadeau, elle l'a caché. Personne ne devait le toucher, il devait rester intact. Après l'arrestation de Gabriel, elle n'a plus ouvert la boîte. Et pourtant, de cachette en cachette, le précieux objet a fait partie de tous les déménagements. Il serait temps aujourd'hui de faire sortir Gabriel et son cadeau de la clandestinité dans laquelle elle les a enfermés. Il serait temps d'oser affronter. Jézabel jette la boîte de Pulmoll, lave soigneusement le caillou et le pose sur son secrétaire dans le salon. Qui donc s'intéresse aux manies d'une vieille dame ?

Quelques instants plus tard, elle se ravise. Quelques pas, quelques marches, un bras tendu et l'objet, désormais sans protection, réintègre sa place à côté de la valise.

*

# Être à la hauteur

Jézabel se dirige vers sa chambre, elle aperçoit dans l'entrée la canne de son mari. Une rescapée. À la mort de Claude, Jézabel, aidée d'Élisabeth, avait consciencieusement donné, jeté tous les vêtements et les objets quotidiens de son mari. Sur ce point, elles étaient d'accord toutes les deux. Elle avait déjà bien du mal à contenir son chagrin. Inutile de laisser les objets lui sauter à la figure à chaque fois qu'elle ouvrirait un placard, un tiroir... La canne, c'était différent, Claude l'avait utilisée presque jusqu'au bout, pour rester debout et marcher malgré ses douleurs. Il ne se plaignait pas. Il avalait les remèdes qui lui étaient prescrits. Se soumettait aux examens et aux différents traitements sans rechigner. Il parlait de sa mort avec sérénité et son habituelle douceur. Jézabel avait tenu à conserver cette canne, témoin des derniers mois de son mari, comme un modèle que Claude lui aurait légué. Elle voulait l'avoir sous les yeux pour être « à la hauteur », elle aussi, le jour venu.

« Être à la hauteur ». Elle s'était bien fourvoyée. Comme elle regrettait aujourd'hui de n'avoir pas su, pas pu entendre le message de Claude. « Lâche les freins, Jézabel ». Et elle, « lâche les chiens », c'est ce qu'elle avait entendu. Elle s'était mise en colère. Il avait ri. Il la connaissait si bien, il était capable de désamorcer tous les malentendus, toutes ses angoisses, avant qu'elles ne dégénèrent. « C'est dans les jolies histoires que tu écris pour les enfants que tu lâches les freins et tu vois, pas de chien méchant. » Elle avait adoré écrire ces histoires pour des enfants qui n'étaient pas « pour de vrai ». Elle les imaginait rire aux éclats, parfois inquiets et puis rassurés. Elle savait combien ils aimaient ressentir ces émotions et passer de l'une à l'autre, comme sur les montagnes russes. Mais, avec sa fille, elle ne s'était jamais laissé aller. Elle s'était toujours efforcée de brider ses émotions. Toujours fixer le cadre, les règles, apprendre, faire progresser. C'était Claude qui lisait à Élisabeth les histoires écrites par Jézabel. Quand son éditeur lui disait « ta fille doit t'adorer », Jézabel répondait, sobrement « pas tant que cela ».

« Être à la hauteur », avait–elle été à la hauteur de l'amour que Claude lui portait ? Elle avait toujours eu le sentiment de ne pas mériter dans le fond cet amour. Elle s'était efforcée d'être parfaite, pour cacher la vilaine fille ? Pourtant, à lui elle aurait pu raconter l'histoire de Gabriel. Et lui, il aurait su être indulgent, elle n'aurait pas eu honte, pas trop. Elle imagine, il aurait eu ce sourire désarmant. Elle voit ses yeux bleus malicieux presque perdus au milieu des rides de son visage. Et, pour un instant, elle se sent soulagée. Comme il lui manque. Maintenant, elle saurait mieux qu'avant lui témoigner son amour, elle saurait être heureuse, être apaisée.

Être à la hauteur, non ce n'est certainement pas ce qu'il attendrait d'elle.

*

## Otage

*France info*

*Un rebondissement dans l'affaire de la prise d'otage de la rue de la Pompe. On apprend aujourd'hui, que l'otage, le fils du célèbre industriel Édouard Larivière a été placé en garde à vue hier et en détention provisoire aujourd'hui. Il est soupçonné d'avoir été complice de son ravisseur. Lequel est activement recherché.*

L'otage serait complice de son ravisseur. Jézabel ne peut pas y croire. Elle le revoit, lorsque l'homme cagoulé a pointé son doigt vers lui. Il était immobile, comme statufié. Il semblait égaré et paralysé par la terreur. C'était la même panique que celle qui s'était emparée de Gabriel, lorsqu'il avait été arrêté. Il pouvait à peine avancer. Les deux gendarmes l'entouraient, le tenaient par les bras et le poussaient devant eux. On devinait tout son corps raidi par la peur. Et puis, il a eu la force de se retourner, il a découvert Jézabel, collée à la vitre de la fenêtre du salon. Il a dégagé légèrement son bras droit et lui a fait un petit signe de la main. Un gendarme a saisi son bras, abaissé sa tête et l'a poussé à l'intérieur de la voiture. Elle ne l'a plus revu. Elle n'a même pas répondu à son geste. Ce n'était plus la peur qui la paralysait, c'était la honte, déjà.

Alors cet otage ne serait pas une victime. Pourtant l'effroi, l'incompréhension sur son visage, elle les a vus.

*

À la banque

Jézabel a réussi, petite victoire, à retourner à la banque, comme elle le faisait chaque semaine avant le hold-up. À petits pas, elle s'insère dans la file d'attente, prenant garde, comme à l'accoutumée, à se placer dans l'alignement des personnes précédentes. Son pied heurte une latte de parquet, même petit obstacle que celui qu'elle a rencontré lors de sa visite qui avait précédé de quelques jours le hold-up. Elle avait laissé échapper un cri et le couple devant elle s'était retourné. Elle les avait bien remarqués tous les deux, c'est si rare de rencontrer des jeunes gens en pleine journée en semaine. Un jeune homme, elle réalise maintenant que c'était Antoine Larivière. Il était accompagné d'une jeune femme. Elle était très pâle, l'ovale parfait des madones, sans leur douceur, cheveux sombres plaqués sur le crâne et retenus en catogan. Elle avait observé, sans doute un peu trop longtemps, l'arc parfait de ses sourcils. La jeune femme l'avait à son tour fixée l'obligeant ainsi à détourner les yeux. Elle avait échafaudé tout un roman les concernant. Ils semblaient préoccupés et tendus. Ils ne se parlaient pas. Elle était enceinte peut-être…Ils avaient besoin d'argent, cela semblait certain. Ils ne connaissaient rien au fonctionnement des banques, sinon ils auraient demandé un rendez-vous. En fait, pas du tout, ils venaient retirer de l'argent au guichet. Pourquoi donc n'utilisaient-ils pas le distributeur automatique ? Interdits de chéquier ? Dans ce cas, pas de carte bancaire. Jézabel se souvient de la légère satisfaction qu'elle avait éprouvée, comme à chaque fois qu'elle imaginait des raisons aux comportements d'inconnus qui attiraient son attention. Cela la rassurait. Elle, qui n'était plus adaptée au monde actuel, était encore capable de comprendre ses contemporains et d'imaginer ce qu'ils avaient en tête.

Un petit moment de déception pour Jézabel qui réalise à quel point ses déductions étaient fausses. Antoine Larivière, le fils du célèbre Édouard Larivière interdit de chéquier ? Impossible… Que venait-il faire alors ce jour-là ? La jeune femme était-elle sa complice ? Ils repéraient les lieux ?

Centre de détention

– Je veux pas voir ton cul sur mon lit. Je veux pas non plus voir ton matelas traîner dans la journée. Le matin, quand tu te lèves, tu le plies et tu le fourres sous mon lit. C'est une cellule pour deux ici. Y'a moi, j'ai le lit du bas et lui, Mickaël, il a celui du haut. Toi, t'es le troisième, alors on veut pas que tu foutes le bordel. Pas vrai Mickaël ? T'es propre au moins? Tu sens pas mauvais ?

Il s'approche de moi, il me renifle. Il a le teint gris et du rouge autour des yeux. Je crois qu'il se teint les cheveux, on voit les racines blanches. Il a l'air d'un fou. Il porte un débardeur qui est un peu trop grand pour lui.
– Alors c'est toi, le gosse de richard. Celui dont on a causé à la télé. Qu'est-ce que tu viens foutre ? Tu vas pas rester longtemps, je parie. Nous autres on peut bien crever, tout le monde s'en fout. Mais t'inquiète, ici on n'aime pas les gros bourges et t'auras intérêt à faire gaffe quand tu descendras en promenade. Pas vrai Mickaël?
– Bon, ça va, Carlos, fous-lui la paix, maintenant.
– Il va pas nous faire sa chialeuse en plus.

Ma chialeuse, justement, je la ferais bien. Surtout ne pas leur montrer qu'ils me foutent la trouille. Je range mon matelas comme il m'a dit sous son lit. Je pose ma gamelle sur la table. Le fou furieux me fait signe que non, ça non plus, il ne faut pas le faire.
– Alors j'en fais quoi de cette gamelle !
– Sous le lit
– Non, c'est dégueulasse. Je ne mettrai pas ma gamelle par terre.

Celui qui s'appelle Mickaël prend ma gamelle et la range dans le placard. Il me touche le bras pour que je l'écoute.
– Regarde bien où je la range, mec, et fais gaffe à pas te tromper de gamelle. Je veux pas de tes microbes, moi. OK ?
– Moi non plus je ne veux pas des tiens. Je m'appelle Antoine OK ?
– Commence pas à t'énerver. On les connaît, nous, les nouveaux, ceux qu'ont jamais fait de taule. On les repère dès qu'ils arrivent. Y en a qui perdent tous leurs cheveux en une seule nuit. Y en a qu'ont des boutons partout plein la gueule. Moi, je veux pas me retrouver avec un zombie, quand le Carlos sera parti. Et c'est pour bientôt. Il a pris quinze ans. Il va changer de taule bientôt. Alors calmos, tu t'assieds là. Tu fais pas chier, tu fais comme on te dit et on te laissera tranquille. Nous, on veut pas d'emmerdes.

Ouf ! moi non plus, je ne veux pas d'emmerdes.

J'ai eu ma dose. Tout ce que je veux, c'est regarder les infos. Mais là ce n'est pas le moment de demander. Je m'affale sur la chaîse. Ils allument la télé, ils s'installent chacun sur leur lit et ils regardent « Questions pour un champion ». Ça me rassure, finalement, ils sont peut-être « normaux ». Et puis ils vont m'oublier. Questions pour un champion, c'est quelle chaîne ? De toutes les façons, il y aura forcément les infos. Alors là je demanderai.

*

## Bonnie and Clyde

J'ai ma place maintenant, dans cette cellule. Carlos est parti comme prévu une semaine après mon arrivée. Je n'ai plus à me plaindre. Mickaël n'est pas violent, il n'a pas pété les plombs. Il n'est pas dépressif, non plus. Je lui ai parlé de Violaine, j'espérais qu'il pourrait me dire comment c'est la vie quand on est en cavale. Mais nada, il n'en sait rien. Je lui en ai parlé sans vraiment lui en parler.

– Nous deux c'est comme Bonnie and Clyde.

C'était con de ma part. Il avait déjà dû s'apercevoir que je n'avais rien d'un super braqueur. Et puis, Bonnie and Clyde, il ne connaissait pas. Au moins maintenant, il accepte que je regarde les infos, quatre fois par jour.

Violaine, je pense à elle en permanence. Elle doit me maudire. Pourtant je ne l'ai pas dénoncée. Je ne le ferai pas. Elle doit bien le savoir. J'ai avoué, très vite que j'étais complice du faux braquage et du faux hold-up. Comment faire autrement en voyant la scène filmée ? Nous venions juste de sortir de la banque. Je marchais le premier, Violaine pointait son arme dans mon dos. Les deux policiers sont arrivés, ils me faisaient face. J'ai écarté les bras comme si j'étais déséquilibré, je me suis laissé tomber leur barrant ainsi le passage. Violaine a pu en profiter pour s'enfuir. Le lendemain, j'ai été convoqué à la police. Ils avaient besoin de mon témoignage soi-disant. Ils ne m'ont rien dit, ils m'ont passé le film. J'ai bien dû avouer que j'étais complice. Comment le nier ? Leur enquête a duré quelques jours. Le temps pour Violaine de disparaitre. Ils ont interrogé Vincent. Il n'a pas eu besoin d'accuser Violaine pour se disculper, sa corpulence ne correspondait pas à celle du braqueur. Celle de Violaine collait parfaitement à la silhouette filmée. Vincent ne dira rien, il se sent déjà trop merdeux de nous avoir lâchés au dernier moment.

Je veux penser à elle aux bons moments. Je me repasse le film de notre rencontre. Pour être vraiment précis, c'est elle qui m'a rencontré. Violaine a vu mes pieds d'abord, c'est ce qu'elle m'a rapporté. Je les revois moi aussi, je portais des mocassins « bateau » bleu marine. Je revois la canette de coca défoncée propulsée vers le haut de la rue par mon pied gauche, puis bloquée dans son envol par un pied chaussé de baskets, de baskets qui avaient dû être rouges. C'était un bel arrêt qui ne devait rien au hasard. J'ai pensé il faut un grand entraînement ou bien un don particulier. J'ai levé la tête, ton visage blanc presque diaphane m'a plu, ta silhouette aussi, certains la trouvent sèche, moi je la trouvais dynamique, non plutôt nerveuse, c'est le mot qui m'est venu à l'esprit, je le conserve, il te va bien.

– Bien joué, hein !
C'était la première phrase de Violaine et avant que j'ai pu répondre.
– Toi aussi tu t'entraînes ?
– Oui, très souvent, au foot je suis nul, mais à la canette, je ne suis pas mauvais.
– On fait une partie sur terrain plat ?

Dès cet instant, j'étais en confiance, j'étais conquis. Un petit miracle se produisait. J'étais euphorique, je lui parlais sans aucune appréhension, j'avais baissé la garde, je n'avais pas peur d'être ridicule, je n'avais pas peur qu'elle me trouve trop... ou pas assez... Je ne cherchais pas à disparaître. J'ai même fait le pitre pendant notre partie de canette. Je ne me souviens plus de ce qu'elle portait en dehors de ses baskets et de son jean, mais j'entends encore nos fous rires, presque hystériques.

Depuis ce jour, elle m'est devenue indispensable, comme une partie de moi-même.

Et je vis sans elle depuis près d'un mois. Je ne sais pas quand je la reverrai. Inutile de compter les jours. Mickaël m'a prévenu.
– Les projets maintenant tu peux mettre une croix dessus. Tu ne maîtrises plus rien. Les délais, les dates butoirs, terminé, oublie-les. Tout ça c'est plus pour nous. Le téléphone, les mails, les SMS, internet, face-book et compagnie, c'est compliqué. Retour à la case départ. La télé, oui tu peux t'en gaver.

Pour ce qui est de s'en gaver, il sait de quoi il parle, Mickaël. En dehors du temps consacré à sa « muscu », environ deux heures, la télé est allumée en permanence. À force de discussions, de marchandages, j'ai réussi à obtenir que la journée soit découpée en parts égales avec et sans télé. Hier soir, ce bel équilibre qui rythmait nos journées a volé en éclats, lorsque Mickaël est rentré de promenade.

– Tu vas être content, j'ai échangé un survêt Adidas contre des écouteurs, je vais pouvoir regarder la télé sans te gêner.

Le piège, je ne l'ai pas vu venir. Toute la nuit, indépendamment de ma volonté, mon regard a été attiré par cette saloperie d'écran muet perché dans le coin gauche de la cellule. Toute la nuit, j'ai cherché à deviner les paroles à travers les gestes et les mimiques. J'attendais la publicité avec impatience, je connais le texte par cœur. Ce matin, je suis hébété, j'attends le cling, cling, clong du chariot qui annonce de loin le petit déjeuner. Les négociations sont à recommencer. Finalement ça nous occupe. On a l'impression de décider.

*

Premier parloir

Écrou 870 4833, parloir.

Première visite depuis un mois. C'est mon père. Je reconnais sa silhouette. Il est debout dans le hall, totalement incongru dans cet univers. Toujours très élégant, raffiné, costumes et chemises sur mesure, couleurs recherchées aux alliances subtiles, mauve clair, vert amande, rose pale. Je m'approche. Son perpétuel sourire a disparu, ses yeux vifs et rieurs aussi. Il ne bouge pas. Je me contrains à aller vers lui. Il a le visage fermé. Le même visage. J'avais six ans. Mes parents venaient de se séparer. Il était venu me chercher pour passer la journée avec moi. J'ai refusé, je me suis enfermé dans ma chambre. Ma mère a insisté, j'ai fini par céder. Elle m'a dit « embrasse ton père ». Je me suis hissé sur la pointe des pieds pour déposer un baiser sur ses joues. Il ne s'est pas baissé. Mes lèvres se sont refermées sur le vide. Je le dépasse d'une demi-tête, pourtant je me sens petit garçon. J'esquisse un mouvement vers lui, mes lèvres se referment sur le vide.

Nous entrons dans le boxe que le gardien

nous désigne. Nous nous asseyons. Il me regarde. Il ne dit rien. Moi non plus. Il baisse la tête, enferme son visage entre ses mains. Il relève la tête et me regarde à nouveau. Nos yeux s'accrochent l'un à l'autre furtivement. Je ne bouge pas, mes mains sont posées sur mes cuisses. J'ai l'étrange sentiment de le surveiller. J'attends qu'il se manifeste, qu'il parle, qu'il me parle. Le temps passe. Le silence est comme un pont qui nous relie l'un à l'autre. Doucement nous nous y habituons. Il soupire, ses lèvres se desserrent pour parler. Surtout qu'il ne me pose pas de question !
– J'ai vu ton avocat. Il ne m'a rien dit, rassure-toi, de ce qui concerne ton affaire. Je voulais savoir comment obtenir le droit de visite, comment se passait la vie en détention. J'ignorais tout, tu sais, de cet univers. Et Christine n'est pas d'une grande aide. Sa spécialité c'est le droit fiscal.

*Oui, je sais bien, Papa. Ta femme et toi vous restez dans votre sphère. Vous la connaissez à fond, sous tous ses aspects et toi en particulier tu y évolues comme un poisson dans l'eau. Alors la prison, ça déroute !*

Le gardien nous fait signe, le temps est terminé. Mon père est debout. Lorsque j'ai le dos tourné, je l'entends dire tout bas :
– Je reviendrai.
– C'est une menace ?
– C'est une promesse.

Il me tourne le dos, je ne peux pas voir son visage. Le ton est résigné, presque doux.
« C'est une menace ». Mais, qu'est ce qui m'a pris ? Pourquoi pas « au revoir Papa ». Mickaël m'avait prévenu :
– Les parloirs, ça fait mal. On ressasse les moindres paroles échangées, les silences, les gestes ébauchés et pas terminés. Tu n'as pas dit ce qu'il fallait. Tu étais avachi, une épave. Plus jamais il ou elle ne voudra revenir. Alors pendant des heures et des jours, ça tourne, ça tourne dans ta tête, les pauvres phrases qui t'ont échappé et celles que tu avais dans ta tête et qui ne sont pas sorties. A force on devient fou et on préférerait parfois ne plus en avoir. De parloir. Et pourtant quand tu entends ton numéro, ton cœur s'emballe, la vie s'engouffre dans ta cellule et tu y cours. Au parloir. Tu vas vivre au rythme des parloirs, qui ne durent jamais assez longtemps. Quand tu en sors, tu voudrais déjà y retourner.

\*

Comment te dire ?

Comment te dire, Papa, que celle que je voudrais découvrir au parloir c'est Violaine. Celle qui ne pourra jamais venir.

Mon bébé, mon tout petit, ce sont les mots qui maintenant m'obsèdent, Violaine. Lorsque j'attendais au commissariat pour soi-disant témoigner, une femme à côté de moi berçait son enfant, encore un bébé, très doucement ; elle penchait son visage vers lui et murmurait si bas que j'ai mis quelque temps à comprendre ce qu'elle disait : « Là, là, mon bébé, mon tout petit, Maman est là, mon bébé, chuuut,.. ». Subitement, ce n'était plus l'inquiétude sur ton sort Violaine, qui me préoccupait. Non, j'aurais voulu te prendre dans mes bras, te murmurer mon bébé, mon tout petit, je suis là, ne t'inquiète pas. Je savais qu'il était trop tard, beaucoup trop tard. Nous avons laissé passer l'occasion de nous lier autrement. Je n'ai pas su te délivrer de ta grande colère. Bien au contraire, j'ai dévalé avec toi la pente et nous sommes devenus de plus en plus lourds, jusqu'au moment où il a bien fallu faire quelque chose de cette colère, de cette rage.

Violaine, ma belle, je veux chasser de mon esprit ta silhouette de motard, ta tête casquée et ton visage caché derrière une cagoule, comme les mafieux corses. Je veux oublier tes paroles, ta voix maquillée : « Ne bougez pas, c'est un hold-up ».

Je veux oublier, Violaine, le cri que la vieille dame a poussé « Pas moi, non pas moi ! », lorsque tu l'as montrée du doigt, lorsque tu lui as dit avec ta voix déformée par le foulard que tu avais noué sous ta cagoule « Vous, venez ici vous serez notre otage ». Elle était défigurée par la peur, j'ai cru qu'elle était morte, lorsqu'elle s'est affaissée sur le sol, comme un vêtement qui tombe. J'étais paniqué, cela s'appelle un meurtre sans intention de le donner, c'est ce que j'ai pensé. Et le doute est venu et si tu l'avais frappée dans un mouvement que je n'ai pas voulu voir ? Pourquoi as-tu soudain décidé de changer nos plans, Violaine ?

Je repense souvent à cette vieille dame. Elle s'est réveillée assez vite, elle criait :
– Je ne veux pas qu'on l'emmène, pas cette fois ci. Pas Gabriel, non pas lui, il ne faut pas, il ne faut pas.

Je crois qu'elle a perdu la tête. Pourquoi as-tu fait cela Violaine, pourquoi avoir terrifié cette pauvre vieille ? Comment as-tu pu ?

Moi, je sais bien pourquoi

Moi, je sais bien pourquoi je t'ai suivie, pourquoi je t'ai accompagnée. J'ai même participé au projet, je t'ai suggéré des améliorations, des perfectionnements. J'ai cherché et acheté ton arme, j'en ai acheté trois différentes pour comparer et choisir celle qui ferait le plus réel. Tu m'as même dit on voit que tu as l'habitude de foutre l'argent par les fenêtres. Si tu savais Violaine ! De l'argent, j'aurais pu en avoir, en dépenser ! J'aurais pu, j'ai résisté obstinément. Selon mes parents, je m'habillais comme un clodo.

Moi, je sais bien pourquoi. Les premiers temps, Violaine, c'était la joie, la joie de vivre qui me saisissait à tout moment. J'étais émerveillé par ce qui m'arrivait. La peur n'est venue que plus tard, quelques mois plus tard, elle s'est insinuée, et puis elle est restée, elle a grandi. Les alertes, sont devenues de plus en plus nombreuses et ma peur de plus en plus présente, irraisonnée, insoutenable. Lorsque tu m'as parlé de tes copains, des programmeurs comme toi, avec qui tu travaillais. Tu me disais : « J'hésite à te les présenter, tu n'es pas comme eux, ils ne te plairont pas, ils ne comprendront pas ce que je te trouve. D'ailleurs, je me demande moi aussi ce que je fais avec toi ». C'est à ce moment que j'ai commencé à avoir peur, peur de te perdre. J'avais raison. Quand ils étaient là, j'étais out, je n'existais plus. Je suivais, je ne disais rien, je réfléchissais dix fois avant de parler et quand je savais quoi dire, la conversation avait déjà tourné, ce n'était plus le moment, alors je me taisais. Je ne pouvais plus imaginer vivre sans toi. Et toi, tu traînais de plus en plus avec eux.

Moi, je sais bien pourquoi la rage m'a pris. Ah ! il a été bien étonné, Vincent, lorsque j'ai dit :
– Dénoncer, dénoncer, c'est un peu court, non ? L'action, c'est autre chose, ça porte davantage, ça fait bouger les lignes, comme ils disent, les grands mystificateurs, ceux qui font semblant de vouloir tout changer, pour qu'en fait rien ne bouge.

Et toi ma belle, toi aussi tu m'as regardé autrement. Ce regard m'a grisé. Pour une fois, je t'étonnais. Pour une fois, tu attendais que je parle, que je décide. Les idées me sont venues fluides et limpides.
– On pourrait faire un hold-up dans une banque, on emporterait trois billets seulement, juste pour le symbole, on enverrait aux journaux une lettre anonyme pour prouver que la banque, le système, tout ce bazar est fragile. Il s'écroule devant un jouet, une mitraillette en plastique. Ce serait le début d'une longue série d'actions.
– Quoi, par exemple ?

Et voilà, Violaine, ma belle, tu étais quasiment convaincue. Je n'avais plus qu'à continuer.
– Ce serait une escalade. On créerait un évènement en direct, dans une émission de radio, dans une émission de télévision. On est quatre, on se relaierait, on nous prendrait pour une lame de fond, un mouvement populaire. On ferait des émules et lorsqu'on serait assez nombreux on …
– Pas si vite, pas si vite.

Vincent, la grande gueule était déjà KO. Ne pas humilier son ennemi lorsqu'il est à terre.
– Bien sûr, la première étape à ne pas louper, c'est le hold-up. On n'est pas pressés. On va bien préparer l'opération et ça marchera.

L'idée de l'otage, ma Violaine, elle est de toi.
– Pourquoi ne pas attaquer d'un même coup l'institution et l'individu symbole de la finance, du pouvoir. Quelqu'un comme ton père par exemple ? On est bien placés pour cela, on te prendrait comme otage lors du hold-up à la banque. Qu'est-ce que tu en dis ?

Qu'est-ce que j'en dis ? Bien joué, Violaine. Manche A. J'avais l'avantage, tu ne me l'as pas laissé longtemps. On était à égalité. Je n'avais plus qu'une obsession, ne pas te décevoir, rester à ta hauteur. Et nous deux on avancerait d'un même pas, on était un tandem, une équipe. Une équipe qui fonçait. Vers où ? Je n'en avais pas la moindre idée, je ne m'en souciais pas. On courait côte à côte, nos haleines se mêleraient dans la brume du petit matin. Jamais plus je n'aurais peur, jamais plus je n'aurais honte.

La peur, Papa, toi tu ne la connais pas. Tapie derrière la peur, il y a la honte, la honte d'être prêt à tout pour ne pas tomber en disgrâce, en désamour. Cela, jamais je ne te le dirai Papa. Tu ne pourrais pas comprendre.

*

Je crève de soif

– Je crève de soif, pas toi ?

Les paroles de Mickaël sont celles de Violaine, au mot près. Ce sont ces paroles qui m'ont encouragé à l'inviter à boire un pot, le jour de notre rencontre. Ce n'était pas du baratin. Son visage avait pris une teinte rosée. On devinait un fin duvet de cheveux de bébé à la lisière de son front, conférant à son visage plutôt sévère un faux air de chérubin. Nous avons trouvé une table à l'ombre et nous nous sommes assis l'un en face de l'autre. Je ne sais plus de quoi nous avons parlé. Je revois ses gestes. Elle enserrait son verre entre ses deux mains. Elle posait régulièrement ses doigts bien à plat sur son front. Je me souviens de ma main sur sa manche, de ma main sur son poignet, de nos doigts se découvrant. Je me souviens de ma main effleurant à peine sa peau, de ma main pénétrant entre ses doigts. Je me souviens de ma main contenant son corps tout entier, tour à tour tendu et défait. Je me souviens de la musique qui me parcourait. Du bout de mes doigts je lui en transmettais le rythme et j'entendais en écho son cœur battre tam, tam , tam. Ce tambour me saisissait, s'emballait et doucement ralentissait tamm, tammmm, tammmm.

– Et alors tu as soif ou pas ?

Mickaël me sort brutalement de ma rêverie. Je sais qu'il le fait exprès « pour mon bien ». Selon lui, il ne faut pas s'évader dans l'autre monde, l'atterrissage est trop violent.

– Pas maintenant, Mickaël.

*

Une tête de chien battu

– Nous avons du temps devant nous, Antoine. Je vais pouvoir venir toutes les semaines.

*Je ne suis pas sûr que cela soit une bonne nouvelle, Papa. Tu vas vouloir comprendre. Moi, je n'ai rien à te dire. Et cette tête de chien battu !*

– Et ton boulot ?
– Je ne sers plus à rien, tu sais, personne ne me demande quoi que ce soit depuis que les journaux ont titré sur ta mise en examen et ta détention. On me traite, toujours avec beaucoup d'égards, mais c'est comme si j'étais un grand malade. Il faut me ménager. Vous voulez vraiment participer au conseil d'administration de demain, Monsieur Larivière ? Je n'ai pas le temps de répondre qu'aussitôt Juliette ma fidèle assistante enchaîne : « Raphaël a la procuration et il est disponible ». Alors s'il est disponible… C'est vrai que je ne le suis plus, moi disponible. J'ai la tête pleine de bien d'autres préoccupations. « Ce que l'homme sème il le récoltera »[1]. C'est avec cette phrase que je m'éveille chaque matin.

[1] Epitre de Paul aux Galates 6,7

Qu'en penses-tu, toi ?

*Je pourrai t'expliquer ce que Violaine pense de toi. Tu es un bourgeois suffisant, bouffi de ta culture et de ta bonne éducation. Tu es faux comme un jeton. Tu as appris à être aimable et ça paie. Les gens sont flattés, ils sont contents, ils ronronnent d'aise, quand tu t'adresses à eux avec ton sourire épanoui et ta voix de gorge qui part du fond du palais, toujours ombragée par une sorte de voile qui arrondit toutes tes paroles par un gnnn permanent. Et moi je pense qu'elle n'a pas tout à fait tort, mais je n'ai pas la force de te le dire. Autre chose Papa, tes citations, j'en ai ras le bol.*

– Rien, je n'en pense rien Papa. Plutôt si, je pense que tu ferais mieux de te battre et de continuer à bosser.
– Mais tu ne comprends pas que j'en suis incapable ! Tu crois que je peux faire comme si rien ne s'était passé !

*Ne me dis pas que ce fils qui n'existait pas, qui était transparent, t'a foutu la vie en l'air !*

– Mais enfin, ce n'est pas toi l'accusé, le coupable, le détenu.
– Non, c'est moi qui t'ai élevé. Ce n'est que cela !
– …
– Antoine, on ne va pas tourner autour du pot. C'est moi qui étais visé à travers cette histoire d'otage. Que vouliez-vous me demander en échange de ta libération ?
– On t'a choisi parce que tu es médiatique.

– Je ne suis pas le seul. Accessoirement, je suis aussi ton père.
– Si peu.
– C'est pour me punir que vous avez monté tout cela ?
– Non, on veut faire passer notre message. On veut dénoncer les castes qui se partagent tout, l'argent, le savoir, la presse, le pouvoir.
– Qu'est-ce que vous comptiez demander en échange de ta libération ?
– Rien du tout, on aurait fait paraître une déclaration dans les journaux et indiqué le lieu, le jour et l'heure où je réapparaitrais.
– Et tu crois que cela aurait fait la une des journaux !
– Bien sûr ! Ça a foiré mais ça a quand même fait la une.
– C'est puéril ! C'est totalement creux et tu as bousillé ton avenir.
– Et voilà, j'en étais certain. Tu ne connais pas nos idées, notre projet, mais tu juges. Tu décrètes, tu sélectionnes, tu coupes ce qui dépasse. Et en plus, tu as bonne conscience.
– En dehors du coup médiatique, tu ne m'as rien expliqué. Et pour ce qui concerne les coups médiatiques, il y a d'autres méthodes, plus efficaces et qui ont une petite supériorité : elles sont légales.
– Je retourne au trou.
– C'est trop facile ! Un jour tu auras des enfants, peut-être. Tu comprendras ce que tu avais l'intention de me faire en simulant ton enlèvement.

Le chantage affectif, il n'avait pas encore fait.

Il a fallu qu'il me balance ça avant que je m'en aille. Il est mal placé pour me parler d'affection. La première visite, j'avais préféré. Secoué, oui, il était secoué de me voir en prison. Il s'est démené pour obtenir rapidement un droit de visite. Il s'est même renseigné auprès de mon avocat pour connaître les conditions de vie en détention. Il m'a bluffé. Son malheur à lui, il n'en a pas dit un mot. Il s'est contenté de venir me voir. Sa peur pour moi, le pavé dans sa réputation. Le discours que Christine a dû lui tenir sur Violaine, sur moi. Pas un mot. Il a tout encaissé. Aujourd'hui, changement de décor, il s'est repris !

*

Comment as-tu pu nous faire cela ?

– Comment as-tu pu, Antoine, comment as-tu pu nous faire cela ?

Pas bonjour, pas de faux baiser plaqué sur mes cheveux, lèvres serrées. Terminées les politesses et les conventions d'usage. Pas de préliminaire, droit à l'essentiel. Tout cracher. C'est ce qu'elle a fait, Christine, ma belle-mère. Pourtant lorsque je l'ai aperçue hier dans la petite salle du parloir que le gardien m'a désignée, l'affection que j'avais eue pour elle à une certaine époque et qui était bien enfouie dans les replis de ma mémoire a surgi, sans que j'y prenne garde. J'étais prêt à tomber dans ses bras, à la remercier pour sa visite. Elle ne m'en a pas laissé le temps. Elle m'a mis KO.

Aujourd'hui encore ses phrases s'enchaînent les unes aux autres sans fin.
– Comment as-tu pu faire cela à ton père. Moi, je ne compte pas. Je ne suis que ta belle-mère. Ton père, tu as vu ce qu'il est devenu. Lui, qui était curieux de tout, il s'est replié sur lui. Il ne parle plus. Sa seule sortie c'est Fresnes ! Il ne travaille plus. J'en connais qui

vont en profiter. Ils lui prendront sa place. D'ailleurs il la leur laisse. Je l'ai entendu, plus d'une fois dire à son assistante « Demandez à Revel qu'il s'en occupe, il saura très bien faire ». Le lendemain, il appelait lui-même Revel pour qu'il le remplace au séminaire annuel des directeurs généraux. Séminaire annuel, tu comprends ce que cela signifie. Pas de seconde chance. L'année prochaine, ce sera terminé pour lui. Et pour Joséphine, ta sœur, tu crois que c'est facile ? Voir son père dans cet état ! Je ne te parle même pas de l'école. « Ton taré de frère », voilà ce qu'elle entend. Elle, qui t'admirait tant. Elle est totalement perdue. Comment as-tu pu, Antoine ? Moi je sais. C'est elle, c'est cette fille. J'ai compris dès que je l'ai vue, elle nous détestait avant même de nous connaître. La première fois qu'on l'a rencontrée, tu t'en souviens ? On vous a trouvés tous les deux dans la cuisine. Tu ne pensais pas qu'on rentrerait si tôt. Tu n'es pas idiot, tu ne venais jamais avec elle à la maison. Tu ne descendais plus, tu restais dans ta chambre, là-haut. Ton père toujours aimable avec tout le monde :

« Violaine, quel joli prénom ! Je parie que votre mère est une inconditionnelle de Claudel et de l'Annonce faite à Marie.

– Non, pas du tout.

– Votre père alors ?

– Non plus, je ne connais pas mon père. Et Claudel, jamais entendu parler de lui. »

Elle ne parlait pas, elle crachait ses mots en regardant ton père droit dans les yeux. Et lui, il ne s'est pas découragé. Sans me demander mon avis, il vous a invités à dîner. Et toi, j'ai bien remarqué, tu savais comment cela se passerait, mais tu n'as pas su comment refuser. Tout le monde, même ton père, qui n'était quand même pas si fier de lui, s'est activé pour mettre la table et préparer le dîner. Sauf elle ! Elle est restée plantée comme une souche. Elle n'a rien dit pendant tout le repas, sauf oui, non. Pas merci, évidemment. Et toi, tu avais peur. Tu savais qu'elle était sur le point d'éclater, de faire un esclandre. Tout ce que tu souhaitais c'était que le repas se termine au plus vite. Et de fait, personne n'a eu envie de traîner. L'atmosphère était irrespirable. Alors ce qui s'est passé, moi je le sais. C'est cette fille qui a tout manigancé. C'est une action directe à elle toute seule. Elle t'a manipulé comme un pantin. Il faut que tu la dénonces, que tu expliques à ton avocat ce qui s'est passé.

– Arrête, tu ne comprends rien.
– Ah, non, je n'arrêterai pas.

*

C'est la guerre !

Je savais qu'elle tiendrait parole. Je suis parti, avant la fin du parloir. Mais depuis, ça tourne dans ma tête, manipulé, pantin. J'imagine déjà le flot de paroles qu'elle va déverser en rentrant. La petite peste de Joséphine, a-t-elle définitivement choisi le camp de sa mère ? Regrette-t-elle ? Je ne lui en veux plus. Comme tous les enfants elle a des antennes. C'est elle qui a dit le roi est nu. Et maintenant, que pense-t-elle ? Sans doute comme sa mère. J'ai dérapé « grave », je suis sorti de la route et maintenant au trou. C'était écrit. Je suis tranquille, Christine saura bien lui expliquer à la petite peste. Elle va rentrer dans le rang, elle va pouvoir détester en toute bonne conscience Violaine. C'est une enragée, une déséquilibrée, elle a entraîné mon frère.

Ce n'est pas très gai maintenant à la maison, Joséphine, tu n'as plus envie de faire le chœur antique, la voix de la famille, en chantonnant sur tous les tons « Violaine, la vilaine ». Et oui, je te comprends ! Ce n'était finalement pas une si bonne idée. Ils t'ont bien encouragée pourtant les parents, ils trouvaient vraiment très spirituel que, toi la gamine de huit ans, tu

55

aies perçu tous les non-dits qui circulaient dans cette famille pourtant si ouverte. Ils avaient beau jeu alors de te réprimander en riant. Ils se sont bien amusés avec subtilité et doigté. Et puis, les choses se sont gâtées lorsque Christine s'est égarée à son tour et a entonné ton petit refrain. Je l'ai mal pris. Je n'aurais pas dû le répéter à Violaine.

Violaine, je n'avais pas prévu que ces mots allaient réveiller toutes les humiliations passées du temps où tu ne connaissais pas encore les frontières invisibles. « C'est de la part de qui ? Désolée, Violaine, Caroline n'est pas là. » « Non, Sylvie, tu ne peux pas sortir avec Violaine, ton oncle veut te voir. »

Ils t'avaient donné raison, Violaine. C'était un combat, il fallait s'engager.
– C'est la guerre, Antoine, tu comprends cela ?
– Mais, oui, je comprends, Violaine.

Faux, archi faux. Je ne comprenais rien et tu le savais bien, Violaine. Comment faisais-tu pour me deviner avant même que je prononce un seul mot ? Les premiers temps, je m'émerveillais de me découvrir absolument compris, sans que j'aie besoin de longues explications. Et puis, est venu le temps où tu t'es mise à douter de moi. Je devais choisir « mon camp ». Tu me soupçonnais de ne pas choisir le tien. C'était vrai et c'était faux. Pour moi, il n'y avait pas de « camp ». Alors je tortillais et tordais un peu ma pensée. Naturellement, tes soupçons s'amplifiaient et je m'enferrais. Il fallait te calmer, te rassurer, te donner des gages avant même que tu me le demandes. J'ai rompu avec mes amis. Dès qu'ils apparaissaient tu te montrais agressive et vindicative. Les moins fidèles se sont éloignés. Les plus proches, par amitié pour moi, tentaient de ne pas montrer leur malaise. Tu les trouvais faux-culs. Après chaque rencontre, tu analysais et décortiquais leurs propos, tu me reprochais de ne pas te soutenir. Alors pour ne pas te perdre, j'ai renoncé à les voir.

S'aliéner ? Larousse : *Aliéner, verbe transitif, céder à un autre la propriété d'un bien, d'un droit. Au sens figuré, abandonner volontairement : aliéner son indépendance. S'aliéner, verbe pronominal, détourner de soi.*

*

Détricoter

« Détricoter ». C'est le mot qu'elle cherchait. Leur relation s'est détricotée à toute allure. Elle n'a pas été très adroite, c'est vrai. Elle aurait dû comprendre plus vite qu'Antoine était devenu un sujet tabou. Elle avait bien constaté que chacune de ses propositions, de ses suggestions avait été rejetée par Édouard avec une rudesse qui ne lui était pas habituelle.
– Tu pourrais consulter maître Fauconnier, je le connais bien. Il te conseillerait intelligemment.
– Certainement pas.
– Tu devrais te forcer un peu pour participer à cette réunion.
– Tu ne comprends pas.
– Veux-tu que je t'aide à formuler ta demande de parloir ?
– Je n'ai que cela à faire.

Malgré ce contexte, elle avait espéré qu'une visite à Antoine serait bien accueillie par Édouard. Cette visite aurait peut-être pu bien se passer, si seulement elle s'était contrôlée. Antoine semblait heureux de la découvrir dans cet horrible parloir. Et elle, elle avait été prise de pitié devant ce pauvre gosse, un pauvre gosse manipulé par une garce. Mais cela n'avait duré qu'un instant. Très vite, elle s'était laissée aller à déverser sur lui toute son amertume devant un tel gâchis. Elle aurait pu encore rattraper les choses, lui demander pardon, le prendre dans ses bras. Mais avant qu'elle ne se reprenne, ce crétin était parti.

Et ensuite, lui, qui ne s'est jamais confié à son père, a dû lui raconter à sa manière ce qui s'est passé. Depuis ce jour, Édouard ne lui adresse plus la parole. Il se dépêche de dîner avec sa fille, avant le retour de Christine. Pendant quelques jours, elle a trouvé son couvert mis et son repas préparé. Puis plus de couvert, plus de repas. Christine, dès le lendemain, s'est alignée en laissant table vide pour le petit déjeuner d'Édouard. Elle n'est pas de celles qui pleurnichent et s'accrochent. L'amour c'est de la littérature ! Comment a-t-elle pu y croire ? Comment a-t-elle pu se laisser piéger ?

Il faut avouer qu'il avait belle allure, Édouard, lorsqu'elle l'a rencontré. Très élégant, mince, les traits fins, les cheveux raides impeccablement lissés, très bonne coupe, juste à la bonne longueur, les mains fines et soignées. Lorsqu'il parlait c'était un enchantement, il était brillant dans tous les domaines. Brillant mais pas écrasant. À l'écouter on se sentait intelligent. Christine se souvient très précisément du jour où elle l'a rencontré. Elle avait trente-trois ans, elle était seule. Elle se reprochait d'avoir trop pensé au travail. « Tu fais peur aux hommes, tu es trop sûre de toi. Et puis, avocate, cela n'arrange rien ». Les paroles de Corinne, sa soi-disant meilleure amie, l'avaient ébranlée. Depuis, ce qui n'était qu'une pensée passagère, était devenue une obsession. Elle n'aurait jamais d'enfant. Elle resterait seule, vieille fille. Ce seul mot la terrifiait. Elle était arrivée assez déprimée chez les Durand-Larrieu. Ils venaient d'avoir leur premier enfant, un bébé qui trônait dans son berceau à roulettes. C'est pratique, on peut vous présenter Léa sans la déranger. Et chacun se devait de saluer et d'admirer la demoiselle endormie.

Édouard était arrivé le dernier. Il avait pris place sans hésiter à côté d'elle. Elle avait vite compris qu'elle lui plaisait. À peine installé, il s'était intéressé à elle, il avait parlé, parlé. Une voix très particulière comme venue du ventre, ni grave, ni aigüe, contenue. Elle avait été rassurée de constater à quel point il était cultivé. Dans ce domaine, il n'avait aucune difficulté à la dominer. Elle pouvait sans jouer la comédie l'admirer et lui poser mille questions. Elle s'était efforcée de ne pas trop parler de son métier, elle n'avait cependant pas pu s'empêcher de dire qu'elle était associée dans un cabinet de conseil fiscal, un des meilleurs de Paris. Édouard était resté flou sur le poste qu'il occupait chez Grandin et Cie, une société du Cac 40.

Il l'avait raccompagnée chez elle. Dès le lendemain, il l'invitait à dîner. La soirée s'était prolongée chez elle jusqu'au matin suivant. Elle était sous le charme, lui aussi apparemment. Il lui avait rapidement présenté son fils. Ils s'étaient mariés six mois après. Il voulait donner une vie de famille à son fils. Elle voulait un enfant. Après dix ans de mariage, ils formaient encore un couple parfait. Elle avait adoré la vie qu'ils avaient menée, l'image qu'ils donnaient, l'admiration qu'ils suscitaient, parfois même la jalousie. Elle avait appris aux côtés d'Édouard à s'habiller avec une élégance subtile, à décorer sa maison, à recevoir, à s'inscrire sans fausse note dans le cercle étroit de la « vie parisienne ». À ses côtés, elle était à l'aise partout. Après deux ans de mariage, ils avaient donné naissance à une fille, Joséphine. Cette enfant avait renforcé leur union, lui apportant une nouvelle chaleur et une vraie profondeur. Elle représentait leur réussite commune. Ils avaient tous les deux sacrifié une part de leur activité professionnelle pour être plus présents aux côtés de leur fille. Joséphine comblait tous leurs rêves. Elle était tendre et affectueuse. Elle réussissait bien à l'école, sans être trop brillante, ce qui, tout compte fait, n'est pas un avantage pour une fille. Elle était charmante, elle avait des amies, elle était gaie.

Elle aurait dû se douter que quelque chose clochait chez lui. Elle aurait dû être alertée par ces anomalies qui lui paraissent maintenant si flagrantes. Il ne parlait jamais de sa première femme, la mère d'Antoine. Elle ignorait même son prénom. Elle se souvenait pourtant l'avoir interrogé à ce sujet. Elle l'avait fait à plusieurs reprises de manière tout à fait naturelle. Ta première femme, comment s'appelait-elle ? Elle travaillait ? Comment vous étiez-vous connus ? Il éludait, changeait de conversation. Elle avait renoncé assez vite. Après tout, elle s'en foutait pas mal de sa première femme. Elle avait finalement appris, par des indiscrétions, qu'Édouard et sa femme s'étaient séparés. La femme avait eu la garde d'Antoine et puis elle était morte. Édouard avait alors dû prendre Antoine en charge, alors qu'il le connaissait à peine. Cela avait eu lieu peu de temps avant qu'elle ne rencontre Édouard, un ou deux ans avant tout au plus. Antoine devait avoir huit ans. Et tout s'expliquait. La hâte avec laquelle il avait voulu se marier.

– Je dois donner une famille à Antoine, tu comprends. Je lui dois bien cela.

Une fois encore elle ne s'était pas attardée sur cette étrange phrase. Cela l'arrangeait bien. D'autant que cette vie de famille s'était révélée bien légère. Antoine était discret, trop discret. Son père qui était si attentif aux autres, si délicat, aurait dû se préoccuper davantage de ce garçon presqu'adolescent étonnamment silencieux et plutôt triste. Il aurait dû certainement. À l'époque cette distance entre le père et le fils lui convenait parfaitement. Dès la naissance de Joséphine, Édouard s'était révélé un père attentif et aimant, du moins avec sa fille. Christine avait été surprise et heureuse de cette transformation.

Ils avaient ainsi mené une vie de famille harmonieuse, si on voulait bien en exclure Antoine. Et tous étaient bien d'accord là-dessus. Jusqu'au hold-up évidemment, plus précisément, jusqu'aux aveux d'Antoine, bientôt suivis par sa détention. Édouard avait brutalement changé, il s'était mis littéralement au service de son fils. Christine en avait d'abord voulu à Antoine. Mais très vite, elle avait compris qu'Édouard avait changé de manière définitive, irréversible. Elle n'avait pas eu besoin d'explication pour comprendre qu'elle ne comptait plus dans la vie d'Édouard.

Aujourd'hui, le prince charmant se transformait en looser. On aurait dit qu'il avait délibérément choisi de renoncer à tout ce qui avait constitué sa vie. L'incarcération de son fils avait suffi à le défaire. Elle aurait été prête à se battre à ses côtés. Ils auraient fait front commun. Mais cette dégringolade acceptée, recherchée, non, pas question. Il ne l'entraînerait pas dans sa chute. Elle allait demander le divorce. D'ailleurs, il ne s'y opposerait pas.

## Match de foot

Mickaël m'avait prévenu.
– Cette après-midi à trois heures, c'est OM / PSG. Faut pas le louper.

Traduction, pas moyen de couper à la télévision. Trois heures moins cinq, Mickaël ouvre largement la fenêtre. Il enfile son blouson et avant même que j'aie eu le temps de protester, il me fait comprendre que la fenêtre restera ouverte.
– Faut profiter, on est comme au stade, ici. Il y a ceux qui sont pour l'OM, ceux qui sont pour le PSG et puis les autres qui sont contre tous ceux qui ratent.

Le bruit des gamelles contre les barreaux des fenêtres, les montants des lits, contre tout ce qui leur tombe sous la main, c'est pour saluer l'arrivée des joueurs sur le terrain. Un silence entrecoupé de cris désordonnés lancés ici et là. A – ni – sar-loo-va-ut-ouu !!!! Pour encourager certains joueurs par leurs noms, j'imagine. Les équipes se mettent en place sur le terrain. Brutalement, c'est le silence. Un silence absolu. Malgré moi, j'attends que le jeu démarre. Bras, pieds et jambes tendus prêts à bondir. Je retiens ma respiration. Coup de sifflet, le ballon jaillit et nous délivre de l'attente. Une rumeur s'enfle, s'enfle et retombe. Espoir déçu. Quelques cris, des insultes, des conseils ?

Mickaël emmitouflé dans son blouson me pousse du coude. Il a cessé de crier. Dehors à nouveau le silence. Il désigne un coin du terrain. Je vois un joueur isolé. Bien vu, Mickaël, le joueur reçoit le ballon, fait une passe et …buuuut ! Les gamelles se déchaînent, je bondis de ma chaise, mon cri se mêle aux cris et aux sifflets de la cour. Le jeu a repris, le silence se fait. Tempête de cris, de sifflets, de tam-tam alternent avec le silence en écho à la progression du ballon sur le petit écran. Mickaël avait raison. Faut pas louper les matchs, faut pas fermer la fenêtre.

\*

## Ma mère

Quand je suis arrivé au parloir, il était déjà installé, assis derrière la table pourrie. Il s'est mis à parler, comme s'il poursuivait à haute voix un monologue intérieur.

– Je n'avais jamais perçu à quel point tu ressemblais à ta mère. Cela m'est apparu de manière évidente et troublante sur le chemin pour venir te voir. Je n'allume jamais la radio en venant, je fais le vide pour me préparer. C'est en pensant à toi, petit enfant, qu'elle a surgi. Tu avais six mois, c'était en juin, Henri nous avait prêté sa maison à Cavalaire, pour trois semaines. Nous étions heureux, ta mère et moi, très heureux. Ta mère était radieuse. Moi aussi et pourtant je n'ai jamais aimé les vacances. On ne te quittait pas, prendre soin de toi, te regarder, te parler, te toucher nous comblait. Nous partagions toutes les petites joies de l'été naissant, la plénitude de notre amour et de notre grande œuvre commune, toi. L'ombre des montagnes sur la plaine, le mouvement malhabile de tes doigts et mille instants précieux emplissaient nos journées. Jamais ta mère et moi n'avions été si proches. J'avais épousé ta mère, je vais te choquer, par facilité. Il était temps pour moi de me stabiliser. Ma carrière marchait du tonnerre, ma vie de célibataire était déphasée avec le personnage que j'étais devenu. J'étais amoureux de ta mère, c'est vrai. Mais il y avait de ma part comme une retenue vis-à-vis de mes propres sentiments. Pendant ce séjour à Cavalaire, mes résistances ont lâché et j'ai été submergé par un bonheur simple, évident. Et puis, une semaine avant la fin de notre séjour, un coup de fil, mon patron retenu par des problèmes familiaux, une opportunité. Pas question de la laisser passer. Je suis parti le lendemain, sans même consulter ta mère. Quelque chose s'est effrité. Nous n'avons plus retrouvé cette intimité. J'aurais pu lui expliquer, lui demander de m'accompagner à Paris... Il aurait peut-être suffi de peu pour éviter qu'elle ne perde confiance...

...Nous n'en avons jamais parlé, elle est simplement devenue un peu distante, tandis que mon travail me grisait. Je réussissais bien. J'étais celui dans la boîte qui avait le plus de contacts à l'extérieur. Mon réseau, j'avais commencé à le constituer durant mes années de prépa et depuis je l'avais entretenu, étoffé. En interne, je ne me débrouillais pas mal, non plus. Quand il y avait un coup dur, une crise, c'est moi qu'on appelait, pour donner mon avis, pour négocier. J'ai commencé par être une éminence grise et puis directeur des relations extérieures et directeur général. J'avais réussi. Ma carrière, bien sûr, mais pas seulement, je prenais mon pied, comme vous dites. Il y avait tout ce qui accompagnait le travail, il fallait entretenir le réseau, sortir, parler aux concurrents, aux clients, aux politiques, aux médias. J'adorais cela. Ta mère ne m'accompagnait pas. Elle détestait me voir « faire le beau ». Je ne me suis pas rendu compte que je vous délaissais. Quelques années plus tard, ta mère m'a dit « Édouard je m'en vais, nous n'avons pas su entretenir la flamme ». Je n'ai pas cherché à la retenir. Je n'en avais pas envie. Nos vies étaient devenues parallèles. Le divorce s'est fait à l'amiable, très proprement.

– Très proprement, Papa ? Ah oui ? Et son accident de voiture, très propre aussi ?
– Que veux-tu dire ? Ta mère allait trop vite, elle a perdu le contrôle de sa voiture et…
– Et elle a percuté le seul arbre présent sur des kilomètres.
– C'est faux, Antoine. Qu'est-ce que tu en sais ? Tu avais huit ans à l'époque.
– J'ai grandi depuis. Je me suis procuré le journal local de l'époque, j'ai vu des photos de la voiture et j'ai lu les commentaires.
– Moi aussi, Antoine, j'ai tout de suite pensé au suicide. J'ai été sur place dès le lendemain. J'ai interrogé les gendarmes. Il se trouve que la nuit de l'accident, il y avait un camion en panne sur le bord de la route. Il cachait le virage. Ta mère a été tout droit, elle a traversé la route, traversé un chemin et elle a percuté un des arbres du bosquet qui se trouvait au bord du chemin.

Fin du parloir.

Je n'étais pas préparé à accueillir ce récit. Je

pensais entendre sans écouter. De retour dans ma cellule tout s'imbrique et s'emmêle, les souvenirs de mon père et les miens, ce qu'il a dit, ce que je devine, ce qu'il tait, ce que j'imagine. Je me souviens d'elle sur le point de partir. Elle m'effleure les cheveux du bout de ses lèvres fermées, relève rapidement une mèche de ses cheveux qui me balaie le visage, s'en va. Avant de disparaître, elle se retourne, pose deux doigts sur ses lèvres et lève la main dans ma direction.

*

Aller de l'avant

Édouard a quitté la prison depuis une demi-heure. Il n'a pas parcouru plus d'un kilomètre. La circulation est totalement bloquée. Il s'en rend à peine compte. Il se souvient de la panique qui l'a saisi à l'annonce de la mort de la mère d'Antoine. Il a immédiatement pensé au suicide. Il a réalisé à quel point il l'avait déçue, à quel point il avait peu répondu à ses attentes. Depuis leur divorce, elle supportait mal qu'ils soient devenus deux étrangers. Elle aurait voulu que leur fils soit comme un ciment qui tienne encore quelque chose de ce qui avait été leur couple. Il s'est rendu sur les lieux de l'accident. Il s'est démené, il a interrogé les gendarmes. Il a été rapidement rassuré. Tout aussi rapidement, il a oublié sa panique, oublié ses remords. Il n'a plus pensé à cette partie de sa vie. Il était fier de dire moi je ne regarde pas en arrière, je vais de l'avant.

De fait, il a été de l'avant. Il a fondé une nouvelle famille, qui aujourd'hui se délite. Christine ne l'a pas abandonné, c'est lui qui a quitté la partie. Elle s'est efforcée avec toute l'énergie, dont elle est capable, de le ramener au centre du jeu. Peine perdue. Ils le savent tous les deux. Quelque chose s'est rompu. Christine est une femme pragmatique. Demain ou après-demain, elle partira. Elle est solide, elle est dynamique. Elle surmontera son chagrin. Elle poursuivra sa voie. Il ne lui en veut pas. Il la comprend si bien ! Ils ont couru ensemble dans la cour des grands, dopés par le succès et la réussite. C'était avant. Il y a si longtemps. Pourtant bien moins d'un an.

La circulation ne semble pas s'améliorer. Il n'essaie pas de se faufiler. Il n'est pas si mal, coincé dans sa voiture silencieuse. A ce rythme, il sera chez lui dans deux ou trois heures. Qu'importe ? Rien ne presse. Personne ne l'attend. Au bureau il est devenu indésirable. Ses amis, pour la plupart, le fuient. Édouard les en remercierait presque. Les voir est devenu une épreuve. Il ne va plus de l'avant. Il a été stoppé dans son élan.

Retarder le moment où il retrouvera son appartement vide sans Joséphine. Christine l'a emmenée en week-end chez des amis. « C'est plus gai pour elle ». Certainement, d'ailleurs il ne s'y est pas opposé. Il aurait dû, sans doute. Il n'en est pas certain. Il a tellement pris l'habitude de laisser filer, de ne rien exiger. C'est vrai qu'il est « sinistre », c'est ce que lui dit Christine. Pourtant pas avec Joséphine. Avec elle, il se sent bien. Elle l'emplit de joie depuis qu'elle est née. Il avait quarante-cinq ans alors. Il avait retrouvé intact l'émerveillement qu'il avait éprouvé durant les premiers mois d'Antoine. Emerveillement alors vite dissipé. En quelques mois, Édouard s'est désintéressé de son couple et de son fils. Antoine avait huit ans, lorsqu'Édouard l'a récupéré à la mort de sa mère, l'âge de Joséphine aujourd'hui. Antoine était triste, il parlait peu. C'était pratiquement un petit étranger qui faisait brutalement irruption dans sa vie. Édouard a cru résoudre le « problème » en épousant Christine. Antoine aurait une famille. En fait, Antoine a écopé d'un père indifférent. Quant à la famille, elle est apparue à la naissance de Joséphine et Antoine est toujours resté en dehors comme une pièce rapportée. Édouard mesure avec effroi tout ce qu'il n'a pas su donner à son fils en songeant aux sentiments qu'il éprouve pour sa fille, à leur complicité, à leurs rituels, à leurs fous-rires.

Dès qu'il tournait la clef dans la serrure, il entendait le pas léger et chaotique de Joséphine et sa petite voix aigüe « Papa, mon Papa ». Jamais Antoine ne s'est précipité vers lui ainsi, ou bien alors Édouard ne s'en souvient pas. Il se souvient qu'il rentrait tard de plus en plus tard et de plus en plus rarement. Il fuyait sa femme. C'était facile, il était très pris, les dîners d'affaire, les cocktails, les premières, les soupers après le théâtre. Il adorait cette vie. D'ailleurs, c'était nécessaire, indispensable pour son travail. Il enrichissait son carnet d'adresse, il pouvait rendre des services informels, en demander, comprendre qui détenait les clefs, où étaient les freins, les leviers. Il a tout simplement ignoré Antoine.

En pénétrant dans son appartement vide, il ne pense plus à l'absence de Joséphine. Il pense à tout ce qu'il n'a pas été pour son fils, tout ce qu'il n'a pas fait, les multiples occasions ratées. Les absences qui ne seront jamais comblées.

\*

Rien

– Au lieu de me regarder tous les matins, fais comme moi. Allez viens. Je te laisse la place, je te passe le tapis.

Comme tous les matins, Mickaël a posé la table sur le frigidaire pour dégager suffisamment de place par terre pour poser son tapis de gym.
– Enlève ton pull. Appuie-toi sur les mains, bien à plat et pousse. Tu pousses, tu fléchis, tu pousses. Mais qu'est-ce que t'as là-dedans ? T'as rien.
– Ta gueule Mickaël
– C'est vrai, c'est vide, il y a rien.

Qu'il se taise ! Qu'il se taise ! Rien. T'es rien, Antoine ! Voilà ce que m'a dit Violaine. Pas même tu n'es rien pour moi. Encore moins tu n'es plus rien pour moi. Non, tu n'es rien !

Mickaël continue imperturbable à faire ses pompes, entre deux mouvements, il tourne la tête vers moi.
– Faut pas lâcher, Antoine. Sinon, c'est la dégringo-

lade. Et quand t'es KO, y'a plus personne pour s'intéresser à toi. Laisse faire, je serai ton coach.
– Ok Mickaël mais plus tard, je n'ai pas la tête à ça en ce moment.
– Justement, Antoine, la tête on n'y peut rien, elle part en vrille parfois et on ne sait pas comment arrêter le bazar. Tandis que ton corps tu peux le maîtriser, c'est facile, tu peux te tenir droit avec. Tu peux être fier. C'est tout ce qui te reste, alors fais pas le con. Il faut que je te dise aussi, te voir comme ça tout mou, tout déglingué, ça ne me fait pas du bien. Je ne dis rien, mais ce n'est pas une bonne vision. Et puis, je pourrais t'entraîner, ce serait bien. Faut pas croire, moi, j'en ai eu des coachs, je peux bien faire comme eux.
– …
– Quand tu te seras bien exercé, la promenade, tu pourras y aller. Tu te feras pas casser la gueule. Tu te feras pas traiter de lopette. Allez dis oui. Dis-le va !
– Ok Mickaël on commence demain.

Demain c'est aujourd'hui. J'ai toujours détesté la gymnastique, plus encore la musculation. Mais aujourd'hui, c'est différent, j'ai un coach. Un coach qui sait y faire. Avec ses airs de petite brute, il a compris que je risquais de « tomber déprimé ». C'est son expression. Il en a vu lui des déprimés et il sait bien que la déprime ça vous saute dessus et quand elle est installée, on ne peut plus la déloger. Avant de tomber, on peut gérer. Lui, il sait gérer, c'est un meneur d'homme. J'ai réussi à faire vingt-cinq pompes, lui en fait deux cents sans s'arrêter. Il me laisse reprendre mon souffle et je repars un-deux, un–deux.

– Quand tu auras bien transpiré, tu vas voir comme tu vas aimer te laver, même dans le lavabo pourri.

J'ai surtout aimé m'arrêter.

Un-deux, un-deux, tous les jours à huit heures. L'habitude est prise, il avait raison, Mickaël, pardon, coach. Je l'appelle coach maintenant, de temps en temps, pour lui faire plaisir. Ça sonne comme « chef », mais c'est plus cool. Il adore et moi j'aime bien le voir content. J'ai presque besoin de faire ces exercices. On ne voit pas de résultat, même si coach me dit que si.

– Si, on en voit des résultats, tu te tiens plus droit maintenant.

J'attends de voir…

\*

Comment fais-tu, Antoine ?

– Comment fais-tu, Antoine ? Ton avocat m'avait pourtant prévenu. Vous allez devoir vous habituer à attendre tout le temps, vous ne saurez jamais combien de temps, parfois un quart d'heure, parfois une heure. On ne vous expliquera pas pourquoi. Finalement, l'attente je m'y suis habitué. Je suis passé de l'autre côté, du côté de ceux qui demandent et qui subissent.

À ces derniers mots il s'est tu, comme pris en faute.
– Je ne devrais pas te parler ainsi, Antoine. Ne te méprends pas, je n'approuve pas la révolte, je fais un constat. J'ai chaussé d'autres lunettes.

*Chaussé, oui Papa, peut-être de nouvelles lunettes, mais tu as conservé ton vocabulaire.*

– Le bruit, ton avocat m'avait prévenu aussi. Le bruit, on ne s'y fait pas. Pour être tout à fait honnête, en fait, le bruit des clefs, des serrures, clang-clang, le grincement des grilles, je m'y suis habitué. Cela fait partie du décor, de l'atmosphère. Si ces bruits disparaissaient, je crois bien qu'ils me manqueraient. Cela rendrait le décor irréel et plus terrifiant. En fait, ce sont des bruits habituels pour des objets métalliques. Mais les voix, les cris. Non, je ne peux pas. Lorsque je parviens au bout du parcours et que je m'adresse au dernier gardien, à celui qui va t'appeler, j'ai toujours la même appréhension. Je sais qu'il va se saisir du talkie-walkie et hurler « écrou 870 4833, parloir ». Son cri résonne, traverse les murs, escalade les étages, se répand dans le centre tout entier. Cette voix tonne : « Ceci est notre royaume, nous avons tous les pouvoirs ». Plus terrifiants encore, les cris incompréhensibles qui surgissent, d'on ne sait où et d'on ne sait qui. Parfois, ils sont accompagnés d'une cavalcade de gardiens qui se précipitent tous vers le même point mystérieux. En même temps, un gardien nous fait signe brutalement de vider le hall, où nous attendons, pour pénétrer dans le parloir le plus prêt. Ce ne sont pas des voix, ce sont des aboiements. Ils disent la peur, ils disent la violence. Comment fais-tu Antoine, comment fais-tu pour supporter cela ?

*Comment je fais Papa ? Je crois que j'y arrive. Je ne sais pas trop pourquoi, mais je m'adapte, étrangement plus facilement que dans la vie que tu avais prévue pour moi. Ce serait un peu agressif de te le dire. Je préfère me taire, pauvre Papa. Qui aurait dit qu'un jour j'aurais besoin de t'épargner ?*

– Tu ne réponds pas. Tu dois penser que je n'ai vraiment pas de quoi me plaindre.

– Non. Pas vraiment.

– C'est vrai, je suis loin, même seulement d'imaginer, ce que tu endures. Mais, la prison, le parloir, ta cellule, les douches collectives, je ne pense plus qu'à cela. A qui en parler ? Ça n'intéresse personne. Depuis quelques jours j'ai ressorti mon vieux matériel de peinture et depuis je peins les grilles, le couloir immense et le gardien collé à son talkie-walkie. Ce n'est plus la réalité qui me saute à la figure et m'envahit. C'est moi qui vais la pêcher dans ma tête, la réalité mâchonnée, triturée, digérée, la réalité transfigurée. A ce stade, qu'importe le résultat, j'ai repris l'initiative, les rênes c'est moi qui les tiens. Et ça change tout et ça en vaut la peine, même si c'est souvent douloureux, difficile. Ma main ne m'obéit pas comme je le voudrais, je suis souvent déçu mais je m'acharne et parfois c'est la surprise la main malhabile trouve seule le chemin. Elle trace ce que je ne sais pas dire et c'est juste. J'ai le sentiment de m'ex-pri-mer vraiment. Tu sais, toi qui ne parle pas beaucoup, tu devrais essayer...

– Ah oui, ce serait chic, un chevalet dans une cellule, du jamais vu !

– ...

Son expression a changé, il a repris le masque de l'homme d'affaires préoccupé et distant.

– Je comprends ce que tu veux dire. Je ne peux pas peindre évidemment, je pourrais dessiner, mais je ne sais pas. Moi, j'écris, je raconte ce qui m'arrive, mais j'en suis encore au stade ou je patauge au fond de moi à la recherche de mes pensées, de mes sentiments.

Ce qui remonte ne m'éblouit pas. Je ne suis pas comme toi, Papa, je ne sais pas m'y prendre avec moi-même. Pour toi, tout cela est un jeu d'enfant. Tu as l'habitude et le don de parler aux autres, pour te parler à toi-même tu as un sacré entraînement. Je pars de zéro, moi. Ca me tient compagnie en tout cas. Je peux relire ainsi les conversations que nous avons ensemble et …écrire ce que je ne t'ai pas dit.
– Rassure toi, on ne dit jamais tout. Mais c'est dans les situations extrêmes qu'on se révèle aux autres et à soi-même. Tu vois, toi et moi on a de quoi faire.

Fin du parloir.

*

Tu peux m'appeler Yann

– Tu peux m'appeler Yann. Mais pour les autres, je reste Mickaël.
– OK Yann, je vais faire gaffe à ne pas me tromper.

Je n'ai pas posé de question. J'ai imaginé que Mickaël-Yann voulait disparaître du circuit, se faire oublier, pour quelques temps. J'ai évité de lui donner mon avis et encore moins un conseil. Il en sait plus que moi sur les prisons.

Pourtant comment peut-il s'imaginer qu'un faux prénom suffira à cacher son identité ? Tout se sait en prison. Lorsque je suis arrivé, les détenus savaient déjà que mon père était Édouard Larivière. Ils n'avaient jamais entendu parler de lui précisément, mais ils connaissaient l'essentiel : « Une huile ». Édouard Larivière était une huile, dont on parlait à la télé.

Définitivement, ce changement de prénom n'est pas destiné à cacher son identité. Mickaël-Yann est trop malin pour cela. Alors quoi ? Veut-il me tester ? Veut-il me témoigner son amitié ? J'ai tourné et retourné ces questions dans ma tête une journée et une nuit tout en m'astreignant à l'appeler Yann. Et ce matin, j'ai craqué.

– C'est quoi cette histoire de prénom à la con ?

– Mon prénom c'est Mickaël, c'est avec ce prénom-là qu'on m'a gueulé dessus. Et Yann, c'est avec ce prénom là que ma copine, Audrey, m'appelle. Enfin m'appelait. Depuis que je suis ici, silence radio, pas une lettre, pas un parloir. Alors ça me manque.

– Et toi tu lui as écrit ?

– Non, certainement pas. Elle n'était pas au courant pour mes trafics. Je lui disais que je faisais l'intermédiaire. En fait, je louais très cher des baraques qui n'existaient pas, je vendais sur internet des objets de luxe, qui n'arrivaient jamais. Et puis parfois un peu de shit. J'avais de l'argent, beaucoup d'argent. Elle aimait ça, les belles fringues, les belles voitures, les restos, les boîtes de nuit. Mais poireauter devant la porte de la prison pendant des heures avec les pauvres filles, pour un type qui n'a plus une thune. Ça non, elle ne le fera jamais, jamais de la vie.

*

Parloir pour Yann

« Écrou 778 432 parloir ».

Je me suis levé, j'ai vérifié machinalement ma coiffure dans la vitre de la fenêtre, qui nous tient lieu de miroir. La voix du gardien depuis la porte m'a arrêté en chemin. J'ai dit 778 432.

Un parloir pour Yann. C'est la première fois. Il m'a regardé, il semblait m'interroger. J'ai supposé qu'il redoutait un piège, un chantage ou une autre arnaque. J'étais encore plus désemparé que lui. Il s'est ressaisi, il a claironné « Ok, c'est bon, j'arrive ».

Yann n'a pas faim ce soir. Il n'est pas bavard. Après les infos, il a éteint le petit écran. Il s'est allongé encore habillé sur son lit. Il a fermé les yeux, une manière de me signifier qu'il ne veut rien dire de son parloir. Message reçu. J'essaie de regarder ailleurs, mais où ? La fenêtre à barreaux me fout le cafard, l'écran noir aussi. Je me suis habitué à regarder avec Yann ses émissions habituelles. Un bref coup d'œil dans sa direction. Je crois qu'il a fini par s'endormir pour de bon. Ses paupières ont cessé de vibrer. Elles sont au repos, bien lisses. Malgré moi, je l'observe. Des mains de gisant sagement croisées sur son ventre, pour se calmer ? Il n'a pas pris la peine d'enlever ses baskets. Jambes pliées, genoux pointés vers le ciel. Prêt à se redresser et à bondir. Que cherche-t-il à fuir ?

Je décide d'écourter la soirée en gagnant mon lit suspendu. Pas besoin de détourner mon regard. L'image de Yann recroquevillé sur son lit ne me quitte pas. Je connais finalement peu de choses de sa vie hors les murs. Je suis incapable de deviner ce qui a pu à ce point le déstabiliser. Incapable aussi dans cette nuit opaque d'imaginer comment le calmer, comment le rassurer. Je sais aussi avec quelle délicatesse Yann n'a jamais cherché à s'immiscer dans l'intimité de mes pensées.

Il ne reste plus rien de l'harmonie qui s'était instaurée subrepticement entre nous. Elle se glissait dans les minuscules décisions de la vie quotidienne, dans notre manière d'occuper l'espace restreint, de laisser venir les paroles, sans jamais questionner.

J'ai dû dormir d'une traite. Je ne l'ai pas entendu se lever, pas entendu se changer. Quand je descends de mon lit, je le découvre rasé de frais.
– Bon, alors on va oublier Yann, cette salope n'est même pas venue.
– Ok, de toutes les façons, je préfère Mickaël.
– Je n'ai même pas envie de savoir ce qu'elle fout.

C'était mon frangin, hier. Il voulait des tuyaux. Je lui ai rien dit.

– …

– J'ai pas confiance. Si ça se trouve il rencarde les flics.

*

Communiqué des ravisseurs

Dimanche, Jézabel va déjeuner chez sa fille. Elle a mal dormi, s'est réveillée tard. Ses gestes sont malhabiles, elle met un temps infini à choisir ses vêtements, trop chauds, trop tristes, trop jeunes...Elle se décide finalement pour les vêtements qu'elle portait le jour du hold-up. Ils sont propres et repassés. Le sac, dans quel état est-il ? N'est-il pas abimé ? Jézabel l'examine de face, de profil, au-dessus, en dessous. Quelques pièces de monnaie tombent. Un minuscule papier tourbillonne et vient se poser délicatement à ses pieds. Elle s'en saisit et le déplie, encore, encore, encore. Il a maintenant le format normal d'une feuille A4. Ce n'est pas un papier publicitaire. Elle va chercher ses lunettes et s'assoit pour lire plus confortablement.

*Communiqué des ravisseurs d'Antoine Larivière*
*destiné à l'Agence France Presse*

*La lutte des classes est dépassée. Les faits ont donné tort aux Mao, aux Castro et autres dictateurs. Les classes ont évolué, elles se sont rigidifiées. Une petite minorité, à peine 5%, cumule le pouvoir, l'argent, le savoir, et influence les médias. Les puissants, quelle que soit leur couleur politique, se reconnaissent et se soutiennent face à la masse des « autres ». Les divergences politiques ne sont que des leurres agités pour faire croire aux non-initiés qu'ils ont le pouvoir de changer le cours des évènements. Vous pouvez trottiner derrière eux, les imiter, devenir leurs larbins avec l'espoir de vous hisser à leurs côtés. Ne vous y trompez pas. Ils vous reconnaitront. Un détail infime vous trahira, une cravate mal assortie, votre manière de mâcher, un mot qui n'est pas raccord avec les codes qu'ils se sont forgés. S'ils vous invitent à leur table, c'est qu'ils ont besoin de vous ou qu'ils veulent prouver qu'ils ont les idées larges. Si vous parvenez à épouser leur fille, ils vous le feront payer et l'amertume deviendra votre quotidien. Si vous vous révoltez et les combattez, ils vous feront tomber et vous paierez cash.*

*Cessons de pleurnicher et de faire nôtres leurs critères. Nous sommes nombreux, nous sommes des légions, nous serons puissants si nous nous montrons capables de nous reconnaître et de nous organiser. Nous créerons nos propres réseaux, nos propres activités, nos propres filières. Le jour où ils tenteront de nous noyauter nous saurons que nous avons gagné la première manche.*

*Après publication de ce communiqué, Antoine Larivière sera libre. La seconde étape du processus pourra débuter. Soyez à l'écoute et prêts à vous engager.*

Jézabel se dirige vers le téléphone pour appeler le commissariat de son quartier. Elle s'assoit, lit une seconde fois le communiqué. Il constitue une preuve accablante de la complicité d'Antoine Larivière avec ses ravisseurs. Elle revoit son visage terrifié. Elle ne peut pas se résoudre à le dénoncer. Elle ne peut pas non plus cacher ce document à la police.

– Maman que se passe-t-il ? Je ne trouvais pas ma clef, j'ai sonné au moins trois fois. Tu n'as rien entendu ? Tu n'es pas prête ?

Toujours cette impatience et cette précipitation lorsqu'Élisabeth s'adresse à elle. Ou bien, est-ce elle, avec l'âge qui est si ralentie ?

Jézabel ne veut pas indisposer davantage sa fille. Elle lui fera part de sa découverte plus tard et bien sûr Élisabeth prendra les choses en main.

*

Porter plainte ?

Comme prévu, Élisabeth a pris les choses en main. Elle a déposé le document au commissariat, pris rendez-vous pour Jézabel avec un inspecteur de police, téléphoné à sa mère pour lui annoncer ce qu'elle a organisé pour elle.
– Je lui ai parlé, il est d'accord avec moi. Il faut que tu portes plainte. Je me suis libérée pour pouvoir t'accompagner au commissariat, Maman.
– On en reparlera une autre fois, je suis fatiguée.

Jézabel espère avoir pu dissimuler sa colère. De quel droit sa fille s'autorise-t-elle à prendre des décisions pour elle ? Jamais elle n'aurait osé le faire si Claude était encore là. Pas question de se laisser ainsi martyriser. Pas question de se rendre au commissariat. Jézabel revoit les pèlerines bleu enserrant Gabriel. Quant à porter plainte, quelle idée ! Aucune raison de porter plainte. Elle sait parfaitement pourquoi elle est tombée. Bien sûr, pas moyen de l'expliquer à Élisabeth. Elle se contentera de trouver une raison. Elle ne voudra pas en démordre. Sa fille n'insistera pas. On ne cherche pas à comprendre les vieilles dames.

*

Il va falloir sortir du bois

Écrou 870 4833

C'est le jour de mon avocat, celui que mon père ne paie pas, celui de l'assistance judiciaire. Nous nous rencontrons pour la troisième fois. Il ne me serre pas la main. Dès qu'il me voit, il entre dans la pièce qui nous est assignée. Il semble furieux probablement contre moi. Aussitôt assis, il plonge la tête dans sa serviette, je ne vois plus que ses cheveux, je remarque une calvitie naissante, une tonsure de moine en devenir. Pourtant il ne doit pas avoir beaucoup plus de trente ans. Il sort enfin le document qu'il cherchait.
– Ils ont retrouvé votre communiqué, Antoine. Communiqué dont vous ne m'avez jamais parlé.
– Je ne sais pas de quoi il s'agit.
– « Communiqué des ravisseurs d'Antoine Larivière destiné à l'Agence France Presse ». C'est plus clair ?

Ah oui, le maudit communiqué, le revoilà. Celui qui nous a fait exploser. Je pensais qu'on lui échapperait. Il nous a suivis incognito et il resurgit au pire moment. Je vais devoir le porter et le défendre.

– D'où sort-il ?

– Madame Lehman, la vieille dame que votre amie a fait tomber, l'a retrouvé dans son sac, elle l'a transmis à la police. Les caméras de la banque ont filmé toute la scène, comme vous le savez, et il apparait que ce document est tombé de votre poche. Par un hasard malicieux, il a atterri dans ce sac. Cela vous inquiète ? Il va pourtant falloir m'expliquer Antoine. Ce n'est pas forcément mauvais pour vous.

– Ce n'est qu'un brouillon. Il n'aurait jamais été envoyé en l'état. C'est très compliqué, il me faudrait du temps, beaucoup de temps et vous êtes pressé.

Il pose ses grandes mains sur la table. Je ne vois plus son front, je vois ses yeux. Ils me fixent, ils ont perdu leur éclat, ils sont devenus presque doux.

– Antoine, justement cela peut être une porte d'entrée pour vous comprendre.

Une porte d'entrée, oui, bien sûr ! Une fois ouverte, je deviendrai son pantin, je ne serai plus maître de rien. Mon histoire m'échappera, il l'exposera, la modèlera à sa guise.

– Justement, la porte d'entrée, pas question.

– Ne croyez pas être le seul à craindre de devenir transparent, de n'être plus maître du personnage que vous donnez à voir. Nous sommes deux aujourd'hui. Au tribunal, d'autres que moi vous interrogeront, une salle entière vous écoutera, vos paroles seront décortiquées par les magistrats et par la presse. C'est mon

boulot de vous aider à dévoiler ce qui est utile, de vous aider à garder secrète une part de vous-même. C'est mon boulot de construire avec vous une cohérence avec laquelle vous serez à l'aise. Cela prendra du temps, je suis prêt à en passer avec vous.
— Parce que mon procès sera médiatisé !
— Oui, c'est vrai. Je me suis porté volontaire pour vous défendre. Et puis je me suis pris au jeu. Votre cas m'intéresse. On peut vous voir comme le symbole d'une certaine jeunesse qui refuse de jouer le jeu. Ce communiqué ouvre des perspectives. Je sais, vous l'avez chiffonné, c'est assez dire à quel point vous le revendiquez. Je sais, il est loin d'être abouti. Mais c'est une piste. Elle nous tirera vers le haut. On va sortir du psychodrame passionnel et familial, on va respirer, on va s'ouvrir vers la société. Il va falloir bosser vraiment. Vos idées, votre projet, votre démarche, c'est le moment de les sortir. Pour moi la bonne nouvelle, c'est votre réaction face à ce texte. Vous avez une vision politique plus fine, plus aboutie que ce que j'ai lu, j'en suis convaincu, mais c'est difficile de la dégager car elle est complètement imbriquée dans votre histoire personnelle. On va tirer les fils les uns après les autres et vous verrez ça va s'éclaircir peu à peu. On va faire cela proprement.
— Proprement ?
— Sans accabler votre complice, sans accabler votre père.
— Ah oui vraiment ?
— Vous n'avez pas envie de quitter le costume.
— Je ne comprends pas.

– Le costume de gosse de riche manipulé par des voyous.
– Gosse de riche OK, manipulé par des voyous, non. Vous n'avez pas le droit de dire cela.
– Pardon, j'ai voulu être trop rapide. J'exprimais seulement l'image que vous donnez à voir, lorsqu'on s'en tient à la surface des choses, sans entrer dans la complexité et la richesse des vies. Autrement dit, acceptez-vous qu'on aille au-delà des apparences ?
– ...
– Ça signifie qu'il va falloir sortir du bois, Antoine
– Faut pas y compter.

Il sourit, me montre son menton, sa pomme d'Adam et à nouveau ses yeux.
– Je ne vous demande pas de dénoncer votre complice. D'ailleurs, c'est complètement inutile. Elle s'est enfuie, elle a signé. C'est de vous qu'il s'agit. Montrez-vous, tel que vous êtes. Je vous promets que je ne dirai que ce que vous m'autoriserez à dire. Je reviens dans une semaine. Je vous laisse le temps de réfléchir.
– Je n'ai pas trop le choix.
– On a toujours le choix. Au revoir Antoine

# L'avocat

François Chévy quitte la prison. Ça avance, oui, il le sent. Il va pouvoir l'aider. Et pas seulement pour son procès. Il pourra l'aider à surmonter ses failles, à éviter de creuser toujours le même sillon. Il connait la chanson, il a assez vu sa mère, Céline, s'effacer continuellement devant son mari. Il aurait tellement voulu qu'elle se rebelle, qu'elle mette fin à son calvaire. Ses espoirs ont toujours été déçus. Quand René, son mari, était présent elle devenait une petite chose incapable d'avoir son propre jugement, de prendre la moindre décision. Lorsqu'elle se rebellait c'était toujours timidement, pour des choses mineures et au moindre froncement de sourcils, elle battait en retraite. Une seule fois, elle avait tenu bon. Elle s'était rendue à l'enterrement de sa propre mère, malgré l'interdiction de son mari. Elle avait même osé l'emmener, lui, François. Il voyait sa grand-mère en cachette de son père depuis toujours. Sa mère lui avait expliqué qu'il ne devait pas parler de sa grand-mère à son père. Ils étaient fâchés pour des histoires de grandes personnes. François avait appris par sa tante que la grand-mère s'était farouchement mais vainement opposée au mariage de Céline

avec René. François se souvient parfaitement de tous les évènements de cette journée. Il avait douze ans. À l'heure habituelle de son réveil sa mère, toute vêtue de noir, lui avait expliqué tout bas :
 – Tu ne vas pas au collège aujourd'hui. Nous allons tous les deux à l'enterrement de grand-mère. Mets ton blazer et ton pantalon gris.

François s'était habillé en silence en prenant soin de bien fermer la porte de sa chambre. Il n'osait pas sortir. C'était la première fois que sa mère bravait ainsi son mari. Immobile derrière la porte de sa chambre, il avait entendu les pas de son père se dirigeant vers la salle à manger, la voix de son père pas très forte, contenue. Il connaissait ce ton, il connaissait le visage qui accompagnait cette voix. Les mâchoires tendues, contractées, les yeux qui s'immobilisent, s'agrandissent, comme pour vous avaler. La voix de sa mère et puis à nouveau son père « je te préviens, j'en tirerai les conséquences ». Les pas de sa mère. Elle était entrée dans sa chambre.
 – Viens. On a peu de temps, il faut y aller. On s'arrêtera à la boulangerie pour que tu manges quelque chose.

Sa mère n'avait pas eu besoin de lui expliquer qu'ils devaient partir silencieusement. Inutile que son père sache que, lui aussi, se rendait à l'enterrement. Sa mère était défigurée, il ne savait pas ce qui l'emportait de la panique face aux conséquences de son acte ou du chagrin causé par la mort de sa mère. Ils assistèrent à la messe, se rendirent au cimetière, reçurent les condo-

léances des proches. Ce fut tout ce que sa mère put assurer. Sa sœur recevait la famille et les proches chez elle après l'enterrement. Elle enserra Céline dans ses bras :
 — Tu en as assez fait pour aujourd'hui. Rentrez chez vous. Pierre va vous raccompagner, il parlera à ton mari. Tout se passera bien.

Bien serait beaucoup dire. Mais Pierre, l'oncle de François était habile. Il insista auprès de René sur le fait que Céline ne s'était pas rendue à la réception organisée par sa femme après l'enterrement. Quant à la présence de François aux obsèques, personne ne la mentionna. Il se faufila dans sa chambre, se changea et ne réapparut qu'à l'heure habituelle. Un silence pesant observé par François et ses deux parents clôtura cette journée.

Il leur en a tellement voulu à ces deux-là. On aurait dit qu'ils l'attendaient pour se donner en spectacle, pour l'introduire dans leur jeu infernal. C'était toujours la même chose et lui il tombait dans le panneau à chaque fois, à chaque fois. C'était son père qui commençait. Le moment des repas était une occasion à ne pas rater. La viande était trop cuite, ou alors, elle était froide, la salade, mal lavée. « J'ai failli me casser une dent sur le sable que tu as laissé dans la salade. Incapable de faire les choses correctement. Tu étais sans doute fatiguée, comme d'habitude, fatiguée de ne rien faire… ». Il ne s'arrêtait plus. Et elle, elle restait à table immobile, paralysée. Elle attendait que son fils vienne à son secours. Lui,

François, il attendait toujours qu'elle se redresse, qu'elle le fasse taire, qu'elle lui dise calmement « ne me parle pas sur ce ton ». Mais, non, elle se tassait de plus en plus. Et lui François, il finissait toujours par faire ce qu'ils attendaient de lui. Il criait à son père d'arrêter. C'est alors qu'il exultait « tu vois tu montes mon fils contre moi ». La plupart du temps, François n'attendait pas la fin de la phrase, il partait. Il les laissait.

La mort subite de son père, rupture d'anévrisme, délivrance. Il avait seize ans. Sa mère s'était rapidement épanouie. Mais la pauvre n'avait pas pu en profiter longtemps. Elle était morte deux ans plus tard.

Dès que les médias ont annoncé la mise en examen d'Antoine, François a désiré que l'affaire lui soit confiée. Il a songé à se présenter chez Édouard Larivière pour proposer ses services. Il a rapidement renoncé à cette idée. C'est à Antoine seul qu'il voulait avoir affaire. Il pressentait que les rapports fils-père étaient complexes pour ne pas dire exécrables. Un entretien avec le père n'était certainement pas une bonne entrée en matière. Lorsqu'il a appris qu'Antoine demandait l'assistance judiciaire, il a décommandé tous ses rendez-vous pour être le premier à se positionner sur ce dossier. Sa joie lorsqu'il a su qu'il serait l'avocat d'Antoine et le seul avocat. C'était la première étape. Aujourd'hui, un nouveau pas a été franchi, un pas décisif, il est en train de gagner sa confiance.

*

Psychodrame passionnel

Maître Chévy m'attend devant la porte du parloir. Un bout de sa robe noire dépasse de son sac à dos. Il a eu le temps d'ôter sa veste de motard. Il sourit largement. Il doit avoir une dizaine d'années de plus que moi. Il veut me persuader, voire se persuader qu'il maîtrise parfaitement son dossier, c'est-à-dire mon propre cas. J'ai un peu de mal à le prendre vraiment au sérieux. Pourtant je lui fais confiance. Sa fougue et son énergie me portent. Je me laisse entraîner par son impatience. Je m'installe rapidement et sans attendre qu'il sorte son ordinateur, je commence mon récit.
– Le communiqué était merdique. C'est vrai, mais on a été de l'avant ensemble, soudés. Et ça, c'était le plus important. Violaine avait des doutes, elle avait peur en permanence que je la laisse tomber. Son test c'était le projet. Si je n'étais pas à fond de son côté, c'est que je voulais la larguer. « Tu as la trouille, tu n'es pas des nôtres, tu as trop à perdre. »

Il ne bronche pas, ne m'interrompt pas. C'est bon signe, je peux continuer.
– Le communiqué, Violaine en a eu l'idée. Je l'ai approu-

vée sans réserve. Trop bonne occasion de lui prouver que j'étais de son côté. Je me suis proposé pour écrire le texte « je le sens bien ». Je ne le sentais pas si bien que cela et je repoussais constamment le moment de m'y attaquer. L'opération étant programmée, il a bien fallu que je m'y colle. Les premières phrases me sont venues facilement, depuis le temps je m'étais approprié la colère de Violaine. Les difficultés ont commencé lorsqu'il a fallu passer aux propositions, expliciter les alternatives, la stratégie. J'ai planché toute une journée et toute une nuit sur ce maudit texte. J'ai ramé, je pensais pourtant avoir les idées claires. Nous militions dans des réseaux d'échange, des réseaux de donneurs d'alerte, des écoles alternatives. Nous avions des discussions sans fin avec Romain. Il était le seul de mes amis que j'avais présenté à Violaine, sans appréhension. Lui aussi était en guerre. Sa colère était son moteur. Il voulait agir sur le système de l'intérieur. Il avait choisi le droit fiscal, « le nerf de la guerre ». Il travaillait au service juridique d'une banque suisse qui avait un important réseau en France. Il faisait partie d'un réseau souterrain « les sentinelles vigilantes ». Il constituait un dossier sur l'action des banques dans le blanchiment d'argent...

...Nous ne l'avions pas mis au courant de notre projet. Nous étions certains qu'il l'aurait désapprouvé. J'ai laissé Violaine lire le texte, sans lui donner mon avis. Je savais qu'elle le trouverait mauvais. Je savais aussi quel risque je prenais en le déclarant moi-même d'emblée, ne serait-ce que, pas très bon. Elle m'accuserait de me dérober, de vouloir renoncer. J'entendais par avance ses paroles « Tu as la trouille, tu veux laisser tomber et tu n'as même pas le courage de le dire. Fous le camp. Je n'ai pas besoin de toi ». Il me faudrait lutter pendant des jours pour lui prouver que j'étais de son côté, que c'était notre projet. J'avais pris l'habitude de me surveiller presque en permanence afin de ne pas déclencher ses crises, elle s'en rendait parfaitement compte et cela alimentait davantage encore ses doutes et son rejet. Cette fois-ci j'ai cru que ma stratégie était la bonne.

« Il est mauvais ton texte, on ne peut pas le publier. On pourrait le retravailler avec Romain ?
– Ok super idée ! On va devoir quand même lui expliquer notre projet. Je doute fort qu'il soit d'accord.
– On s'en fout, il nous aidera quand même pour le communiqué. »

– Là on se trompait.

« C'est débile. Tout est débile dans votre projet. Personne de sensé ne voudra adhérer à des idées et des propositions revendiquées par des anonymes, preneurs d'otage ! Vous vous fusillez, c'est votre affaire, mais vous décrédibilisez les idées que nous défendons. Et là, vous me trouverez contre vous. Si vous réalisez ce projet, je vous gicle de tous mes réseaux. Je ne veux plus rien avoir à faire avec vous. »

– Si Romain s'était montré moins violent, Violaine aurait peut-être renoncé au projet. On aurait cherché et trouvé d'autres moyens. Mais face à cette critique frontale, elle a foncé. Elle est partie en vrille.

« On s'en fout, Tu peux nous éjecter tout de suite. Le hold-up, l'enlèvement, le communiqué, tout est programmé. Pas question de renoncer. »

– Elle s'est tournée vers moi.

« Moi non plus, je ne renonce pas. On marche ensemble, Violaine. »

– Je n'ai pas hésité. Pas question pour moi de renoncer à Violaine. Nous étions à nouveau dans la seringue.

– Je crois avoir compris Antoine, les liens qui vous unissent à Violaine Derrien. Ce que je voudrais connaître ce sont les idées que vous défendez.

– Je suis un gosse de riches, c'est vrai, mais pire encore. Mon père fait partie de ce qu'on appelle l'élite, les quelques-uns qui, pour résumer « ont le bras long ». Un coup de fil et il m'obtient un stage dans un des meilleurs cabinets d'avocats de la place de Paris. De la même manière, il a su instantanément le nom des meilleures maternités pour ma belle-mère, lorsqu'elle a été enceinte. Pour les médias, idem. Les journalistes qui comptent, il les tutoie, les appelle par leurs prénoms. Pas de couacs intempestifs dans les médias pour sa boîte. Lorsqu'il y a un problème de com, c'est mon père qui est à la manœuvre, il passe les coups de fil qu'il faut et on fluidifie, on aplanit. Les directives européennes, il les connait avant même qu'elles ne soient écrites. Je sais qu'il a bossé dur pour y arriver. Ses parents ne faisaient pas partie de ce petit univers. Il n'empêche, ce pouvoir est exorbitant et totalement opaque. Et moi, j'en ai profité, à mon corps défendant. J'en ai profité coupable. J'ai fréquenté les écoles qu'il fallait, pédagogie des jésuites, séjours à l'étranger, sports à gogo, culture infusée régulièrement et avec doigté. Toutes ces bonnes fées penchées sur moi, c'était trop, beaucoup trop. D'autant que ce n'était pas accompagné de témoignages de tendresse ou d'affection. Ce n'est pas un hasard si je suis tombé raide dingue de Violaine. Elle, elle était de l'autre bord, du côté des exclus, des victimes du système. Elle était bien placée pour mesurer les privilèges dont je bénéficiais en permanence. Et malgré cela elle m'a aimé. Enfin, je crois...

– ...

– Vous m'avez demandé de parler de mes idées et je parle de, comment vous avez dit, « mon psychodrame passionnel ».

– Non, continuez. Expliquez-moi votre révolte, votre combat.

– Je n'ai pas à proprement parler de combat. Violaine avait un combat. Elle était en guerre. Moi pas. Je mesurais avec douleur toute la distance qu'il y avait entre moi et les autres. Je culpabilisais. Avant même de rencontrer Violaine, je savais que ceux qui ne naissent pas du bon côté n'ont aucune chance ou si peu. Tout est fait pour que ceux qui ont le pouvoir le conservent de génération en génération. À commencer par l'école. Le système est destructeur. Il broie sans pitié ceux qui ne sont pas aux normes. Seuls ceux qui sont bien armés, bien outillés peuvent s'en sortir. C'est la recherche de l'excellence. Les solutions, en définitive, je ne les connais pas. Je refuse de me laisser infantiliser par les idées simplistes qui peuvent circuler ici ou là, par les discours des hommes politiques, qui sont du bon côté du manche et ne veulent qu'une chose y rester et grimper encore plus haut. Ils ne croient pas au quart de la moitié de ce qu'ils racontent. Je me méfie des idées. Je crois aux actions, aux micro-actions, qui peuvent se répandre, se démultiplier et avoir un vrai retentissement. Les lanceurs d'alerte ont réussi seuls à faire éclater au grand jour des secrets bien moches et bien gardés. C'est un début. Il faut aller au-delà, il faut faire bouger les vies, donner des chances à ceux qui ne rencontrent que des obstacles, faire connaître ce qui est fait, faire naître des envies. Ça semblait clair dans ma tête, mais ce n'est pas simple. Je n'ai pas su convaincre Violaine. Elle me disait « les miettes, on n'en veut pas, la charité ça permet toujours aux mêmes de garder le contrôle ». Globalement, elle a raison, mais on peut aussi arrêter de raisonner en global et revenir à l'échelle des individus, mobiliser leurs énergies, leurs atouts, les leviers, dont ils disposent concrètement sur le terrain. J'aurais aimé pouvoir vous dire on a participé à cela et ça a marché. Je ne peux pas. Ce ne sont que des idées.

– Antoine, on pourrait se tutoyer, tu ne crois pas ?
– OK
– Je veux te parler clairement. Il y a deux lignes de défense possibles. Elles contiennent toutes les deux

une part de vérité. Elles sont crédibles l'une et l'autre. C'est à toi de choisir, car elles influeront différemment sur le jugement. La première, le psychodrame passionnel, tu as agi par amour pour défendre des idées qui n'étaient pas forcément les tiennes. Ce type d'argument devrait entraîner un jugement plus indulgent. En revanche, il donnera de toi l'image de quelqu'un de passif et quelque peu vulnérable. Et cette image risque, compte tenu de la médiatisation, de t'imprégner durablement. Tu l'intérioriseras et tu pourras difficilement t'en défaire. La deuxième a un contenu plus politique. Ton action visait à dénoncer les inégalités et appeler à la révolte. Le jugement risque d'être plus sévère.

– Je sais bien. Mais pas question de tout mettre sur le dos de Violaine. C'est moi qui ai eu l'idée de départ. En même temps, j'ai bien conscience que notre communiqué n'était pas convaincant. Je suis à la recherche de nouvelles voies d'action. Il faudra faire avec tout cela. Tu pourras ?

– C'est toi qui pourras. Moi, je mettrai en forme. Encore une chose. Je ne suis pas un avocat connu. Tu le sais bien.

– Oui.

– Ton procès sera médiatisé. La lumière sera sur toi, mais aussi sur moi. Une lourde peine, ce n'est pas bon. Ni pour toi, ni pour moi.

*

Elsa

Écrou 870 4833 parloir.

J'ai quitté ma cellule, j'ai descendu lentement les escaliers pour mieux me préparer à cette nouvelle visite de mon père. Surtout pas d'agressivité, se taire plutôt. Concentré sur ma résolution, j'attendais que mon père se dirige vers moi, lorsqu'une tape sur l'épaule m'a fait sursauter. J'ai découvert mon amie Elsa.

– Ce n'est que moi Antoine.

Que toi, ah ! Mais c'est la joie qui me dégringolait dessus. J'en suis encore tout éclaboussé. Un bonheur pur sans arrière-pensée, sans cette petite musique de fond qui dit « ça ne durera pas ». Et l'insouciance comme un éclair a surgi avec le souvenir de notre ancienne complicité. Elle dure depuis le lycée. Nous avions quatorze ans, quand le professeur de français a décidé arbitrairement de constituer des groupes de travail par ordre alphabétique. C'est ainsi que moi, le bon élève, mais plutôt discret et effacé, j'ai fait équipe avec Elsa, une élève brillante dans toutes les matières littéraires. Elsa, mon amie m'avait retrouvé après toutes ces années, surtout après notre dernière rencontre. C'était avec Violaine. Je savais que cela ne se passerait pas bien. Elsa avait insisté, elle voulait connaître Violaine. Dès que Violaine l'a aperçue, elle s'est figée. Elsa pétille de joie de vivre, de chaleur, d'humour. Elle a déployé tout son savoir-faire pour apprivoiser Violaine. Elle s'est heurtée à un mur. Elle m'a interrogé du regard, s'attendant à ce que j'intervienne. J'ai ignoré sa requête. Elle a prétexté un rendez-vous oublié et s'est rapidement volatilisée. Elle ne m'en veut pas. J'ai retrouvé avec elle une gaité oubliée depuis si longtemps. Elsa est une magicienne.

Elle m'a donné une carte postale, une reproduction du joueur de fifre de Manet. Je la regarde, j'entends ses paroles.
– J'ai rêvé de toi, Antoine. Tu étais le joueur de fifre. Regarde-le. Regarde le bien. Il est tout jeune, son uniforme est un peu grand pour lui. Il joue en public pour la première fois. Il ne tremble pas. Il est seul, le reste de la troupe a disparu. Tu vois le fond du tableau, pas une ombre, rien, un gris uniforme. Personne pour l'aider. Il a osé. Il semble frêle avec son chapeau de travers. Ses pieds sont solidement posés bien à plat. Ses mains encore très légèrement potelées tiennent délicatement l'instrument, elles sont efficaces et précises, les notes s'envolent. Il se détache du fond. Il est fier de lui. Il a réussi.

*

Toute la peine qu'elle s'était donnée

Toute la peine qu'elle s'était donnée pour obtenir le droit de visite. Tous les obstacles qu'elle avait dû franchir. Son malaise devant les murs pas si hauts finalement, mais tellement gris, tellement tristes. Et le doute était venu au fur et à mesure qu'elle avançait dans le hall, qu'elle franchissait les grilles. Saurait-elle trouver les mots justes ? Elle était si troublée, si triste pour lui, même si elle percevait bien une petite joie au fond d'elle-même de le retrouver sans Violaine. Elle se souvenait de leur dernier rendez-vous. C'était la première fois qu'elle rencontrait Violaine. Elle avait dû insister auprès d'Antoine. Elle avait eu gain de cause. Elle aurait mieux fait de ne pas. Antoine semblait mal à l'aise. Violaine regardait l'horizon. Elle se donnait du mal pour signifier son désintérêt pour tous les sujets de conversation qu'Elsa tentait pour l'impliquer. Elsa s'est finalement adressée à Antoine pour lui conseiller d'aller voir l'exposition sur Picasso au Grand Palais. Violaine était aussitôt sortie de son mutisme pour s'adresser directement à Antoine.

– Je n'irai pas, tu le sais très bien et elle aussi. Je vous laisse à vos sujets favoris. Salut !

Antoine avait tenté en vain de retenir Violaine. Il semblait totalement désemparé. Il n'aspirait qu'à une chose, la rejoindre. Elsa avait aussitôt exaucé son vœu muet.
– Il est tard, on se téléphone Antoine, on se verra une autre fois. Ça se passera mieux.

Ni l'un ni l'autre n'y croyait. De fait, elle n'avait pas revu Antoine depuis. Seulement quelques coups de fil. Le sujet de Violaine soigneusement évité.

Elsa se reprochait bien de temps en temps son manque de courage pour parler à Antoine, le mettre en garde contre cet enfermement. Et puis elle y renonçait, de quel droit intervenir ainsi dans sa vie intime ? Elle risquait de l'humilier, mieux valait rester un recours possible le jour venu.

Le regard d'Antoine quand il l'avait reconnue dans ce grand hall bruyant avait dissipé ses doutes. Elle l'avait rarement vu manifester autant de joie, une joie communicative. Elsa avait même réussi pendant quelques instants à oublier la prison. Très vite, il lui avait demandé avec une certaine anxiété :
– Alors, tu ne m'en veux pas ?
– Tu vois bien.

Comme autrefois, ils se comprenaient à demi-mots. Non, elle ne lui en voulait pas d'avoir mis entre parenthèses leur amitié, le temps de Violaine. Et non, elle ne le méprisait pas. Et non, elle ne lui demanderait pas « comment as-tu pu ? ». Elle savait déjà. Elle avait compris depuis longtemps qu'Antoine était dans une spirale dont il ne sortirait pas facilement.

– Raconte-moi tout. Tout ce qui t'arrive. Tout m'intéresse. C'est un tel bonheur de te voir.
– Pour moi aussi, Antoine. Jamais je n'aurais cru être si contente dans une prison !

Elle lui avait tout raconté, vite, vite. Une demi-heure c'est si court. Son nouveau boulot un CDI de trois mois, dans une agence de communication. Elle avait enfin réussi à sortir de la série des stages. Sa patronne, responsable du département évènements, une fille, jeune, à peine trente ans, très speed. Le salaire, une misère, mille cinq cent euros. Le taf, c'est ce que personne n'aime faire, vérifier les fichiers des invités, corriger les erreurs, passer des coups de fil... Le dessinateur bourré de talent et assez fauché, dont elle était amoureuse, elle ne lui en avait pas parlé. Ne pas afficher le bonheur d'un amour naissant. Elle avait pourtant failli laisser échapper, finalement je suis un peu comme toi, attirée par ceux qui ne me ressemblent pas. Elle s'était reprise juste à temps. Beaucoup trop tôt pour évoquer Violaine, même indirectement. Elle aurait pourtant bien aimé savoir si Violaine lui avait donné de ses nouvelles, si elle le tenait encore sous son emprise, même à distance.

*

Confidence

Jézabel ne comprend pas encore vraiment ce qui l'a poussée à accepter la visite de ce François Chéri ? Non, pas Chéri, elle s'en souviendrait. Chévy, peut-être ? Il ne lui a pas laissé sa carte. Elle n'en avait pas besoin.
— Je vous ai tout dit. Je n'ai rien à ajouter. Les choses sont en ordre, maintenant.

Il aurait pu être mon petit-fils, c'est ce qu'elle pense maintenant. Pourtant, en le découvrant sur son palier, elle a tout de suite remarqué le casque de moto qu'il tenait à la main. Elle a failli refermer la porte. Lui, avec un sourire très doux :
— Je suis François Chévy, l'avocat d'Antoine Larivière. Je vous ai téléphoné. Vous avez accepté de me recevoir.

Oui, elle avait accepté, alors elle n'allait pas paniquer une fois encore. Il lui a parlé d'Antoine longuement. Peut-être a-t-il perçu l'étrange intérêt qu'elle portait à ce garçon ?
— Antoine a été extrêmement choqué par votre chute.

Il se sent coupable. Il tient absolument à savoir si sa complice vous a bousculée et vous a délibérément fait tomber.

– ...
– Ce n'est en aucun cas pour en faire état lors du procès.
– Je ne sais pas très bien. Ce dont je suis certaine, c'est que je suis tombée à cause d'un choc d'une autre nature.

Elle lui a alors tout naturellement raconté Gabriel, son amour de petite fille, sa trahison.
– Expliquez-le à Gabriel. Il comprendra.

Elle aurait dit « Gabriel » ?

## Mort de Jézabel

— Antoine, Jézabel est morte.

À peine assis, François m'a balancé la nouvelle, à croire qu'il voulait s'en débarrasser au plus vite. Je n'ai pas eu besoin de fermer les yeux, je l'ai vue à nouveau s'écrouler à mes pieds, toute recroquevillée, son bras encore pointé vers moi. L'effroi ressenti le jour du hold-up m'a saisi à nouveau avec la même force. Nous l'avions tuée. C'était un meurtre. Je crois bien avoir pleuré ce jour-là, des larmes invisibles et silencieuses. Brutalement et pour la première fois, j'avais haï Violaine. Elle avait changé nos plans, elle avait décidé seule et inutilement de s'en prendre à cette inconnue. Elle voulait m'éprouver. C'était trop pour moi. Ce chemin-là, je ne voulais pas le prendre. Je choisissais de renoncer à Violaine, de ne plus la suivre. Quelques instants plus tard, la vieille dame était rétablie, de meurtre il n'était plus question. Violaine était en fuite et c'est pour elle que je tremblais.

Mon avocat parle. Je ne sais pas ce qu'il dit. Le brouhaha est dans ma tête. Et puis c'est le silence.

– Tu m'écoutes Antoine ?
– ...
– À quoi penses-tu ?
– J'aurais bien aimé parler à ... Jézabel. C'est son nom, n'est-ce pas ?

*

Tu vas revenir ?

Parloir cette après-midi. J'ai cherché en vain parmi la foule clairsemée du hall la silhouette de mon père, celle d'Elsa. Qui d'autre pourrait franchir tous les obstacles, se soumettre aux contrôles, à l'attente, aux mines méprisantes des gardiens, à la curiosité ouvertement affichée des détenus. J'étais planté comme un con ne sachant vers qui me tourner, lorsqu'une voix féminine et inconnue s'est adressée à moi.
– Antoine, tu ne me reconnais pas, je suis Delphine, Delphine Weygand. Je suis à la fac avec toi.
– Bien sûr, Delphine, je te reconnais maintenant. Je m'attendais si peu à te voir.

Elle a forcément dû percevoir dans ma voix la méfiance que j'ai éprouvée instantanément en la découvrant. La colère, je pense avoir réussi à la dissimuler. Delphine était l'étudiante la plus douée de ma promotion. Elle était la coqueluche des profs. Elle était brillante, avec naturel. Sans être particulièrement jolie, une grâce émanait de toute sa personne. Ses gestes, son maintien, sa silhouette, tout était harmonieux, absolument parfait. Que venait-elle donc foutre ici ? Observer la bête curieuse, celui qui, contre toute attente, sans circonstances atténuantes, avait dérapé. Alimenter ainsi sa future thèse, ou pire encore, rédiger un article pour un journal.

– Ma visite doit te surprendre.
– Oui, on peut le dire.
– Imagine toi que je te connais mieux que tu ne le penses. Je suis une amie d'enfance de Violaine. Elle m'a fait parvenir un message pour sa mère et pour toi, par l'intermédiaire d'un voyageur venu d'Amérique du sud. Elle est à Valparaiso. Elle travaille pour une ONG. Elle a dit l'histoire est finie. Chacun chez soi. Elle a dit que tu comprendrais.
– Chacun chez soi, c'est quoi ça ?
– Elle a une nouvelle vie dans laquelle tu n'as pas ta place. Pardonne-moi de te le dire brutalement.
– Et toi comment tu le sais que je n'ai plus de place dans sa vie ? Elle l'a dit ou tu interprètes « pour mon bien ». Tes interprétations, je n'en ai rien à foutre.
– Non, je n'interprète pas, Antoine. Elle l'a dit.

Elle le fait exprès ou elle est idiote. Chaque mot qu'elle prononce est un coup d'épée. Maintenant, Violaine serait satisfaite, elle aurait trouvé la paix.
– Super ! Miraculeux ! Quelle conversion. À croire que c'est moi qui lui ai fait perdre les pédales !
– Pardonne-moi, je ne cherchais pas à te blesser. J'ai voulu aller trop vite. Nous avons si peu de temps. J'ai tellement de choses à t'expliquer pour que toi aussi tu trouves un certain apaisement. Je reviendrai, s'il le

faut.

– Non merci, une visite, ça me suffit.

– Écoute-moi. Je connais très bien Violaine. Ma mère est une amie d'Anna, la mère de Violaine, probablement sa seule amie. Nous avons eu des parcours parallèles Violaine et moi. Le même âge, toute notre enfance à Gennevilliers dans les barres du quartier du Luth. Et puis lorsqu'il a fallu entrer au lycée, le patron d'Anna lui a trouvé une loge de gardienne d'immeuble dans le 16ème, et nous avons été au lycée Janson de Sailly. Pas dans la même classe, Violaine faisait du latin, moi pas. Tu n'imagines pas, je crois, ce que nous avons vécu cette première année de lycée. Nous n'avions strictement rien en commun avec nos nouveaux camarades de classe. Ce fut évident pour nous comme pour eux dès le premier jour. Dès les premiers mots que nous avons prononcés, ils ont repéré notre accent de banlieue. La plupart ne l'avaient entendu qu'à la télévision. Nous étions au mieux des étrangères, au pire de la racaille. Les bonnes élèves que nous étions, chouchoutées par les profs à Gennevilliers, sont devenues médiocres à Janson. C'est cette année-là que nos parcours ont divergé. J'ai eu la chance d'être soutenue et encouragée par le prof principal. Cela a entraîné un petit nombre d'élèves à s'intéresser à moi. Mon initiation a été facilitée. A la fin de l'année, j'étais quasiment intégrée, avec une place à part, évidemment. J'ai perçu cette expérience de manière positive. J'avais réussi à pénétrer dans un autre univers. En fait, j'avais réussi mon insertion sociale. Ce ne sont évidemment pas les mots que j'employais, mais c'est bien de cela qu'il s'agissait.

Cette « réussite » m'a boostée pour la suite, m'a donné une pêche incroyable. Le travail et les efforts pour se faire accepter, ça paye. Violaine a eu une expérience totalement différente. Elle s'est sentie rejetée. Elle est restée seule tout au long de sa scolarité au lycée. Elle était perpétuellement en colère. Personne ne l'a aidée, pas même moi. Je me suis bien gardée de lui présenter mes nouveaux amis, elle ne s'en plaignait pas, d'ailleurs, bien au contraire. « Ne t'avise pas de me les présenter ». Je l'ai prise au mot, cela m'arrangeait bien. « Elle va me tirer vers le bas », c'était ma hantise. Je me sens coupable maintenant. J'aurais certainement pu trouver un moyen de la sortir de son isolement. Nous n'en serions pas là aujourd'hui. Et sa mère, ça me serre le cœur de penser à elle. Tu la connais ?
– Non, Violaine ne voulait pas me la présenter. Elle disait qu'elle serait trop contente de savoir qu'elle fréquentait « quelqu'un de bien ». Comme si ce simple fait venait contredire les théories de sa fille et invalidait la révolte.

Le gardien rapplique, c'est la fin du parloir. J'ai tout juste le temps de lui poser une dernière question.
– Pourquoi ne m'a-t-elle jamais parlé de toi ?
– En fait, on ne se voyait pratiquement plus. On était devenues très différentes, mais quelque chose restait, on était de la même famille. Les rares fois où on se rencontrait, on se sentait très proches. Elle m'avait parlé de toi. Elle m'avait dit « Tu es son genre, s'il te rencontre il tombera amoureux de toi, c'est sûr ».
– Ah bon !

– Eh oui !

Nous sommes dans le hall. Elle rajuste son manteau. Comme d'habitude, à la fin de chaque parloir, mille pensées m'assaillent. J'ai tout de même au fil des jours acquis une certaine expérience, aller à l'essentiel :
– Tu vas revenir ?
– Puisque tu me le demandes.

## Valparaiso

Le turquoise, le vert émeraude, le jaune et puis soudain le gris, qui vient calmer le jeu. Les maisons et les tôles ondulées moitié rouillées, moitié rapiécées, s'enchevêtrent et escaladent la colline du Cerro Polanco, le quartier populaire de Valparaiso. Ce que Violaine préfère ce sont les dessins et les peintures qui couvrent les murs et sautent d'une maison à l'autre, d'une rue à l'autre. La « femme escalier », elle la voit de sa fenêtre, visage jaune sur fond bleu, corps momifié dans un tissu bariolé de vert, de jaune et d'orange. Elle repose sur le côté le long d'un escalier, qui lui est bien réel. Elle a la tête en bas, mais son regard est dirigé vers le haut. Elle surveille la ville. Ses lèvres sont fermées sur un sourire mystérieux. Violaine veut croire que c'est la femme escalier qui l'a inspirée pour consulter le site «The Anonymous». Elle s'est immédiatement reconnue dans leur devise. « Nous sommes légion. Nous ne pardonnons pas. Nous n'oublions pas. Redoutez nous ».

C'était en septembre, peu de temps après son arrivée à Valparaiso. Vincent l'avait aidée à réunir suffisamment d'argent pour le billet d'avion et les faux papiers. Grâce à lui aussi, elle avait pu entrer en contact avec Linda qui l'avait accueillie à son arrivée dans la ville et hébergée le premier mois. Violaine avait rapidement été recrutée par une ONG comme animatrice pour un programme d'alphabétisation. Elle avait alors pu emménager dans ce studio en face de « la femme escalier ». Elle se plait dans cette ville, dans ce quartier. Elle aime les couleurs, la joie et le désordre. Elle aime les rues poussiéreuses. Seules les voitures des habitués du quartier s'y aventurent. Ils connaissent tous les pièges, les arbustes sauvages à contourner, sans heurter les maisons, les trous à éviter. Elle aime la violence du street art. Elle aime le bruit du funiculaire qui dandine sa vieille carcasse sur la colline.

Elle est devenue une activiste particulièrement efficace des Anonymous[2]. En décembre, elle a participé à la campagne dénonçant la corruption et les liens avec la mafia d'une des plus grosses entreprises de vente de matériaux de construction du pays, ROJAS. Elle a appris avec délice à pratiquer des attaques de « déni de service ». Le site de la cible visée se trouve en un instant totalement bloqué. Il suffit de multiplier les connexions à l'aide d'un logiciel très simple. Et lorsque la campagne est bien lancée, le sujet porteur, les résultats sont spectaculaires. Les Anons[3] de plusieurs pays, de plusieurs

---

[2] Le collectif Anonymous est un mouvement mondial regroupant ce que l'on pourrait appeler des « haktivistes ». Hackers par leur mode d'action basé sur le piratage informatique et activistes par le caractère revendicatif et militant de leur démarche. Les membres (anonymes) de cette communauté se veulent « combattants pour la liberté dans le monde ». Source : Martin SAUMET – Citizen Post 14 janvier 2015

[3] Diminutif de « unknown person » (personne inconnue) désigne les membres

continents s'y mettent. Certains lancent leurs attaques depuis dix, vingt ordinateurs, la plupart piratés dans ce seul objectif. Violaine a ainsi eu « la chance » d'attaquer les agences de barbouzes, violeurs de vie privée, Google, Twitter et Facebook. Les géants sont impuissants face à ces attaques. Ils ont peur. Quelle joie de les écraser entre ses doigts et son clavier ! Elle ne s'en lassera pas, certainement pas. Elle a découvert enfin ses frères de combat. « Nous ne pardonnons pas. Nous n'oublions pas. Redoutez nous. » Elle signe. Elle aurait pu l'écrire. Elle garde toute sa liberté, elle peut choisir ses combats. Sa plus grande joie, elle l'a éprouvée en décembre lorsqu'elle s'est retrouvée dans la foule des Anons manifestant à Valparaiso à l'appel du Brésil contre les pédophiles. « Nous sommes légion ». Elle avait crié, hurlé avec eux. Comme eux, elle avait caché son visage sous le masque blanc et noir de Guy Fawkes[4]. Avec eux elle avait formé une houle mugissante qui n'en finissait pas de se déverser sur la place et de s'écouler dans l'avenue. Ils avaient marché et crié pendant trois heures. Ils étaient effrayants, elle était des leurs.

de la communauté des Annymous

[4] Le masque de Guy Fawkes est l'un des signes des Anonymous le plus connu. Il est inspiré du comics et du film « V pour Vendetta », mais aussi du personnage de 4chan (site internet) appelé « Epic Fail Guy ».

121

Le masque

Dès qu'elle arrive chez elle, elle le regarde. De le voir d'une blancheur immaculée se détacher sur le mur bleu, en face de la porte, lui procure toujours le même plaisir. Elle l'a choisi tout blanc, pas de rouge aux joues ni aux lèvres. Le noir charbonneux des sourcils, de la moustache et de la barbiche ressort encore plus violemment et donne au masque un caractère mélodramatique. Le contraire d'un pierrot gentil et triste. Les grands yeux noirs et vides et les sourcils charbonneux disent la colère. Les lèvres et les moustaches relevées disent la joie. La barbiche allongée souligne le triangle formé par le menton. Les profondes rides creusent le visage de l'extrémité des moustaches jusqu'au menton. Elles disent la puissance. Et toujours ce sourire joyeux et menaçant. Elle n'a pas besoin de le toucher pour sentir sa surface douce qui épouse si bien la forme de son visage. Elle est rassurée. Ils sont là, les Anons, à portée de main, à portée de clic.

« Nous sommes légion. Nous ne pardonnons pas. Nous n'oublions pas. Redoutez nous. »

*

Il aura suffi de si peu de choses

Il aura suffi de si peu de choses, de presque rien pour que toute cette histoire lui éclate au visage. Comme si elle n'était jamais partie, Comme si elle n'avait pas une autre vie. Un entrefilet lu sur internet et voilà qu'ils sont là devant elle. Et voilà que sa colère éclate à nouveau.

*Le Parisien 26 décembre 2013 – Edition internet*
*Un rebondissement dans l'affaire du hold-up truqué.*

*Madame Lehman, molestée lors du hold-up truqué de la BNEP à Paris vient de décéder. Elle était âgée de quatre-vingt-trois ans. Ce décès, qui intervient plusieurs mois après l'agression, peut-il être imputé à la chute de la vieille dame ? À l'heure actuelle, rien ne permet de l'affirmer, ni d'écarter cette hypothèse. Une autopsie permettra sans doute de lever le voile.*

Alors, jusqu'au bout, elle va me pourrir la vie.

Je la revois. Elle n'avait pas peur. Elle se tenait droite et fière. Les yeux fixés vers un horizon invisible, lèvres pincées. Ses mains, fines et blanches, posées délicatement sur son sac en bandoulière, comme en portent les vieilles, pour épargner leur dos et surveiller leur porte-monnaie. Moi et mon flingue, elle nous a ignorés, comme si elle n'avait rien à craindre de nous. Comme si nous appartenions à un autre monde. Oui, deux mondes bien différents, Madame. Ils se croisent cependant souvent. Vous l'ignorez sans doute. Nous, on a l'habitude, on baisse la tête et on se faufile contents de s'en tirer pas trop déglingués. Mais ce jour-là, baisser la tête, plus possible. La guerre était déclarée.

Elle n'a plus fait sa maligne, quand j'ai attrapé son coude. Le glacis a fondu. Elle était défigurée par la peur. « Pas moi », de sa petite voix chevrotante de vieille. Et poupée de chiffon effondrée à mes pieds.

Toi aussi tu as été surpris, Antoine. Je le sais bien. Je t'ai vu, effrayé. Comment j'avais pu franchir la frontière, hein. Tu n'as pas compris. Toi, tu t'imaginais que tu pouvais passer sans difficulté d'un côté à l'autre. Je te l'avais dit pourtant, il faut choisir son camp. Toi, comme d'habitude, tu es resté entre les deux. Quand je t'ai dit de venir, pourquoi tu n'as pas bougé ? Fallait pas hésiter, fallait me suivre. Mais, non tu es resté scotché à regarder la vieille par terre. Et quand tu m'as suivi, c'était trop tard, les flics arrivaient. Mais j'étais trop vilaine, j'ai bien vu. J'ai toujours su ce que tu pensais. Parfois, même, je le savais avant toi. Quand tu as commencé à avoir la trouille, je l'ai tout de suite senti. J'aurais pu faire comme si…Mais, pas question d'abdiquer. Je le sais parfaitement. Je fais partie des intouchables. Ça ne pouvait pas durer. Au début, j'étais en apesanteur. J'étais comme électrisée par toi. Je me disais après tout, moi aussi je peux être amoureuse, je peux être heureuse. C'est drôlement facile, je ne savais pas que c'était si léger, si doux. « Violaine ma belle » encore des frissons quand je sens ta bouche chuchoter contre mon oreille. Quand tu as fait glisser entre nos deux corps « ma femme » comme un souffle de satin. Et puis pas si facile, les arrières pensées, je les ai vues rappliquer. Dans ton regard, dans ton corps, quand tu as rencontré Yvan, non, pas au moment où tu l'as vu, non, juste après, quand il a dit « alors le v'la enfin le gars à Violaine, salut mec ». L'élan de ton bras est retombé, l'accolade entamée s'est dissipée en un geste flou. Tu as serré sa main gauchement comme par inadvertance. Le gars « à », c'est resté coincé. Je le sais.

C'est ce jour-là que j'ai commencé à douter. C'est ce jour-là où j'ai décidé que ma mère, tu ne la rencontrerais pas. Je savais qu'elle n'aurait pas deviné le mépris dans ton regard apitoyé. Elle y aurait lu de la tendresse, de la douceur.

Pauvre Maman, je t'imaginais déjà pressant tes deux mains sur ton visage, les faisant glisser jusqu'à tes oreilles jusqu'à tes cheveux ramassés en chignon. « Comme Grace Kelly », disais-tu. Sauf que Grace Kelly, elle était blonde, elle n'était pas ridée comme toi, Maman. Elle ne s'essuyait pas les mains sur son tablier. D'ailleurs, elle n'en portait pas. Ce rituel, tu l'aurais fait avant de rencontrer Antoine. Pour te « décrasser, pas vrai ? » Pauvre Maman, qui donc t'avait persuadée que tu étais « crasseuse » ? Pourquoi avais-tu besoin de ponctuer tes phrases de ce « pas vrai » comme une enfant qui demanderait l'autorisation d'exister ? Pauvre Maman, pourquoi crois-tu que les miettes qu'on nous jette ce sont des cadeaux. Pourquoi es-tu reconnaissante ? Pourquoi crois-tu que tu as de la chance ?

Pauvre Maman, c'est faux, archi-faux. Les autres, les patrons et compagnie, ils passent leur temps à nous niquer, en toute impunité. Parfois ils ont un peu honte, alors un petit geste pour apaiser leur conscience, pour nous endormir aussi. Et comme ils ne sont pas totalement cons, ils ont la trouille, alors ils se bunkerisent dans leurs quartiers, dans leurs apparts. Et ils nous regardent comme si les voleurs c'étaient nous.

Les autres, Maman, ton amant, tes patrons, ils en ont bien profité. « Anna, tu es de la famille, bien sûr, ta fille peut rester avec toi. » Bien sûr, Maman, tu restais pour préparer le dîner, le servir et puis ranger. « Je vais pas laisser la cuisine sans dessus dessous ! » Ben, non, surtout pas ! Qu'est-ce qu'ils auraient pensé tes patrons, que tu étais une souillon. « Une souillon », c'est ce que les gosses disaient de toi, à l'école. Quand tu habitais encore chez tes parents dans ton bled en Bretagne. Quand tu nourrissais les cochons en rentrant de l'école. Alors quand Pierric Morvan, qui était monté à Paris, t'a proposé de venir chez lui, comme fille au pair, tu as dit oui tout de suite. « Et j'ai pas regretté ! » Au pair, aucune idée de ce que cela signifiait, tes parents non plus. Eux aussi ont dit oui sans hésiter. Reconnaissante, tu n'en finis pas d'être reconnaissante. Quand tu es « tombée » enceinte de l'étudiant du sixième, il est parti. C'était normal, « il devait finir ses études, les études c'est important, tu sais Violaine ». Et oui, maman, c'est important. Et tes patrons : « ils m'ont gardée ». Ils t'ont gardée, mais tu as dû te trouver une chambre ailleurs. À Gennevilliers, et tous les jours tu faisais le trajet jusqu'à la rue de la Pompe, Paris 16ème, avec ton bébé. Le samedi, nous retournions encore rue de la Pompe. C'est vrai, tu n'étais plus au pair. Tu avais un salaire. Quelle chance ! Parfois quand tu restais tard, « ils nous raccompagnaient, ils n'étaient pas obligés ». C'est vrai Maman. Tu ne leur demandais jamais rien. Quant à les obliger ! Et quand tu parlais c'était toujours d'eux, les patrons. C'étaient eux les intéressants, eux qui avaient des soucis, des joies, des réussites. Eux vivaient, toi, tu travaillais.

À moi, non plus, tu ne demandais rien. Tu ne me disais pas même ton désaccord, encore moins ton chagrin. Tu aurais préféré une fille qui te ressemble, qui marche sur la pointe des pieds pour ne pas déranger, qui avale la vie à petites goulées, les lèvres serrées pour ne pas prendre trop. Pas trop de place. Tu aurais préféré une fille plus tendre. Tu m'appelais « ma douce ». Est-ce que j'ai jamais été douce avec toi, Maman ? Tu me disais, oui, une petite fille très douce. Pauvre Maman, c'était toi la douce, quand je glissais mes mains poisseuses de petite fille dans tes beaux cheveux, quand je cachais ma tête dans cette épaisseur soyeuse. Pour moi

seule, tu acceptais de les laisser envahir tes épaules et
s'égayer tout autour de ton visage.

*

# Libromat

Pourquoi a-t-elle choisi ce job ? Non, plutôt, pourquoi a-t-on trouvé ce job pour elle ? Pourquoi l'a-t-on choisie pour animer ce programme d'alphabétisation « Libromat » ? Pourquoi, justement, lui avoir demandé à elle de s'occuper des mères et des grand-mères, tandis que Josepha une autre animatrice s'occupait des enfants ? Elle était à Valparaiso depuis à peine un mois. Elle habitait encore chez Linda. Elle supportait mal d'être hébergée gratuitement, même si ce n'étaient pas des miettes qu'on lui offrait, mais une véritable hospitalité. Elle avait besoin d'argent, elle aurait accepté n'importe quel travail.

Et voilà, depuis plus de deux ans, elle travaillait auprès de ces femmes d'un bidonville proche de chez elle. La plupart ne savaient ni lire, ni écrire. Elles se retrouvaient avec leurs enfants dans ce local un peu délabré, mais très propre et assez gai. Couleurs pimpantes : vert clair, bleu turquoise, jaune pâle. Des machines à laver en libre-service moyennant une participation presque symbolique constituaient un attrait irrésistible dans ce quartier sans eau courante. Des étagères à hauteur d'enfant proposaient des livres eux aussi en libre-service. Avec l'aide de Josepha les enfants prenaient vite l'habitude de sortir les livres, de demander qu'on leur raconte l'histoire. C'est alors que Violaine intervenait. Elle apprenait aux mères à se familiariser avec les livres, à raconter l'histoire à l'aide des images. Certaines commençaient à apprendre à lire.

Elle avait aimé ce travail. Elle avait aimé voir les enfants ouvrir un livre pour la première fois. Lire l'émerveillement dans leurs yeux, lorsque le doigt de leur mère leur faisait découvrir les images. Elle avait vu admiration et tendresse passer des uns aux autres. À force d'observer ces mères, elle s'était mise peu à peu à retrouver à travers leurs regards, les yeux de sa mère, à travers leurs gestes, les gestes de sa mère. Et elle, Violaine, à quel moment avait-elle cessé de regarder sa mère avec cette admiration mêlée de tendresse. Quand avait-elle cessé d'être douce ?

Elle avait aimé ce travail et maintenant il lui pesait.

*

Pauvre Martin, pauvre misère [5]

Et voilà que ce refrain ne la quitte plus.

*Pauvre Martin, pauvre misère,*
*Creuse la terr, creuse le temps !*

Il te collait à la peau Maman, je l'ai détesté. Avec ta belle voix, tu chantais, tu accompagnais Georges Brassens. Vous formiez un chœur. Et alors, tu étais contente, tu laissais ta voix s'épanouir. Moi, je m'enfermais dans la chambre et je criais « moins fort! ». Tu baissais le son et tu murmurais.

*Il retournait le champ des autres,*
*Toujours bêchant, toujours bêchant !*
*…/…*
*Et quand la mort lui a fait signe*
*De labourer son dernier champ,*
*Il creusa lui-même sa tombe*
*En faisant vite, en se cachant…*
*Et s'y étendit sans rien dire*
*Pour ne pas déranger les gens…*

[5] Chanson de Georges Brassens créée en 1953

Pourtant, j'aimerais bien, Maman, t'entendre encore une fois chanter ce refrain.

*

## Start-up et Anons

Elle a laissé tomber « Libromat ». Elle s'est fait embaucher dans une boîte de services informatiques qui travaille pour des start-up. Sa formation française, même un peu ancienne maintenant, est appréciée. Elle a été satisfaite de retrouver son ancien métier. Elle passe son temps entre les start-up et les Anons. Ils ne sont pas si différents. Ça lui plait bien.

Si seulement, il n'y avait pas la femme-escalier ! Chaque matin, chaque soir, elle la regarde et c'est sa mère qu'elle voit. Sa mère épousant la forme des marches pour se rendre invisible, inoffensive. Sa mère se glissant chez les riches, pour permettre à sa fille de respirer l'air de là-haut.

*

# ÉPILOGUE

Moi, je sais bien pourquoi

Violaine a tenu trois longues années à Valparaiso. Elle a eu le temps d'apprendre qu'Antoine avait été jugé en décembre 2013 : six mois de prison avec sursis. Il est sorti le 24 décembre. Beau cadeau de Noël pour son père !

Il communique avec elle, de temps en temps, sur les réseaux cryptés. Elle a ainsi découvert qu'Antoine et Romain avaient monté un service de veille juridique clandestin destiné aux donneurs d'alerte. Côté officiel, Antoine dirige le service juridique d'une ONG.

C'est par la presse, que Violaine a appris l'improbable conversion d'Édouard Larivière. Il a fondé une association destinée à réinsérer les sortants de prison. Il a fait parrainer cette association par les plus grands patrons, qui ont trouvé là un moyen, plus efficace encore que le mécénat, pour se faire de la publicité. Ses bonnes relations avec le ministre de la justice lui ont permis de trouver trois centres de détention volontaires pour expérimenter son programme. La réinsertion est initiée en prison même, grâce au travail fourni par les patrons et à la formation organisée au sein de la prison. Les médias ont adoré « la belle histoire » d'Édouard et le rapide succès de son association. Il a réussi à faire de « l'accident de parcours » de son fils un tremplin.

Violaine a attendu trois longues années avant de se décider à rentrer en France, avant de se décider à se dénoncer. Elle a été incarcérée dans la prison pour femmes de Versailles. Elle y restera deux mois avant d'être libérée sous conditions.

Sa mère a obtenu rapidement un droit de visite. Violaine reconnait sa silhouette de loin dans le grand hall. Elle enserre toujours ses cheveux dans un chignon « à la Grace Kelly ». Ils ont perdu leur belle couleur noire. C'est un joli gris « tourterelle » qui enserre maintenant le visage d'Anna. Est-ce cela qui lui apporte autant de douceur ?

Les deux femmes sont maintenant assises dans le parloir. Elles sont séparées par une table. Elles sont silencieuses. Elles se regardent. Avec tendresse, avec respect.

Anna rompt le silence.
– Moi, je sais bien pourquoi. Pourquoi tu as fait tout cela.

## Note sur l'auteur

Après avoir brièvement enseigné l'histoire, Dominique Zumino est entrée par hasard dans l'administration. Elle y a fait toute sa carrière. Les politiques publiques d'action sociale l'ont passionnée.

C'est avec la même ardeur qu'à l'issue de sa vie professionnelle elle a donné vie à des personnages de fiction et leur a laissé la parole.

« Moi je sais bien pourquoi » est son deuxième roman.

Déjà publié :

Le Mort dans l'âme  Edilivre 2014